KB104587

영어와 함께 읽는
Best Short Stories
명작 단편선

Stories

The Last Leaf

by O. Henry

In a little district[1] west of Washington Square, the streets have run crazy and broken themselves into small strips called "places." These "places" make strange angles and curves. One street crosses itself at a time or two. An artist once discovered a valuable possibility on this street. Suppose a collector with a bill for paints, paper, and canvas should, in traversing this route, suddenly meet himself coming back, without a cent having been paid on account!

So, in quaint old Greenwich Village the art people soon came prowling, hunting for north windows and eighteenth-century gables and Dutch attics and low rents. Then they imported some pewter[2] mugs and a chafing dish or two from Sixth avenue, and became a "colony."

---

1 지역(행정, 사법, 선거, 교육 등을 위해 나눔)
2 백랍(주석과 납, 놋쇠, 구리 따위의 합금)

워싱턴 광장 서쪽 작은 구역은 거리가 제멋대로 마구 얽힌 '플레이스'라 불리는 좁고 긴 골목길로 갈라져 있다. 이 '플레이스'는 이상한 각도와 곡선을 그리고 있어서 어떤 거리로 가더라도 한두 번은 다시 원래 길과 교차한다. 일찍이 어느 화가는 이 거리에서 귀중한 가능성을 발견한 적이 있었다. 물감이나 종이, 캔버스에 대한 외상값을 받으러 온 수금원이 이 길로 들어섰다가 대금을 한 푼도 받지 못한 채 왔던 자리로 돌아왔다는 사실을 발견하게 된다면 어떨까!

이런 까닭에 화가들은 북향 창문과 18세기풍의 박공지붕, 네덜란드풍의 다락방, 값싼 집세를 찾아 색다르고 오래된 그리니치빌리지로 모여들었다. 그리고 나서 그들은 6번가에서 백랍으로 만든 컵 몇 개와 신선로 냄비 한두 개를 사들고 이곳에 들어와 '화가들의 거리'를 만들었다.

At the top of a squatty[1], three-story brick Sue and Johnsy had their studio. "Johnsy" was familiar for Joanna. One was from Maine; the other was from California. They had met at the table d'hote of an Eighth street "Delmonico's" and found their tastes in art, chicory salad, and bishop sleeves so congenial[2] that the joint studio resulted.

That was in May. In November a cold, unseen stranger, whom the doctors called Pneumonia, stalked about the colony, touching one here and there with his icy fingers. Over on the east side, this ravager strode boldly, smiting his victims by scores, but his feet trod slowly through the maze of narrow and moss-grown "places."

---

1 웅크린, 땅딸막한, 낮고 폭이 넓은
2 같은 성질의, 마음이 맞는, 같은 취미의

납작한 3층 벽돌건물 꼭대기에 수와 존시의 화실이 있었다. 존시는 조애너의 애칭이었다. 수는 메인 주에서 왔고 존시는 캘리포니아 주에서 왔다. 두 사람은 8번가에 있는 '델모니코' 식당의 공용 식탁에서 만났는데 예술, 치커리 샐러드, 예복 소매에 대한 둘의 취향이 너무 잘 맞아 공동 화실을 마련하게 되었다.

그것은 5월의 일이었다. 11월에 의사들이 폐렴이라고 부르는 냉혹하고 눈에 보이지 않는 이방인이 화가들 거리를 찾아와서 얼음 같은 손가락으로 여기저기 사람들을 건드리며 다녔다. 이 파괴자는 동쪽 저편 동네에서는 마구 활개 치며 수십 명의 희생자를 냈지만 좁고 이끼 낀 '플레이스'에서는 미로 사이에서 발걸음을 조금 늦추었다.

Mr. Pneumonia was not what you would call a chivalric[1] old gentleman.

A mite of a little woman with blood thinned by California zephyrs was hardly fair game for the red-fisted, short-breathed old duffer[2].

But Johnsy he smote; and she lay, scarcely moving, on her painted iron bedstead, looking through the small Dutch window panes at the blank side of the next brick house.

---

1 기사도(정신)의
2 바보, 우둔한 사람

폐렴 씨는 기사도적인 노신사라고 할 만한 사람은 아니었다.

캘리포니아의 미풍에 핏기가 사라진 작고 가엾은 여자는 숨을 몰아쉬며 피투성이 된 주먹을 휘두르며 가쁜 숨을 몰아쉬면서 늙은 얼간이와 싸움을 하는 것은 공정한 것이 아니었다.

그러나 그는 존시를 세게 쳤다. 얻어맞은 존시는 페인트칠한 철제 침대에 꼼짝도 못하고 누워 작은 네덜란드풍의 조그만 창 너머로 옆집의 휑한 벽돌 담벼락만을 바라보고 있었다.

One morning the busy doctor invited Sue into the hallway with a shaggy, gray eyebrow.

"She has one chance in let us say, ten," he said, shaking down the mercury[1] in his clinical thermometer. "And that chance is for her to want to live. This way people have of lining up on the side of the undertaker[2] makes the entire pharmacopeia look silly. Your little lady has made up her mind that she's not going to get well. Has she anything on her mind?"

"She... she wanted to paint the Bay of Naples some day," said Sue.

"Paint? bosh! Has she anything on her mind worth thinking about twice... a man, for instance?"

"A man?" said Sue, with a jew's-harp twang in her voice. "Is a man worth... but, no, doctor; there is nothing of the kind."

---

1 수은
2 장의사

어느 날 아침, 바쁜 의사가 덥수룩한 회색 눈썹을 찌푸리며 수를 복도로 불러냈다.

그는 체온계의 수은을 털어 내리며 "저 아가씨가 회복할 가능성은… 열에 하나정도라고 할까. 그나마 그 가능성이란 것도 아가씨가 살고 싶어 하는 의지에 달렸죠. 지금과 같이 장의사 쪽에 줄을 서는 것은 어떤 약을 처방해도 소용이 없어요. 당신 친구는 이미 회복하지 않을 것이라고 결심을 한 것 같아요. 평소 친구가 무슨 생각을 하고 있었나요?"

"저 애는… 그녀는 언제나 나폴리 만을 그려 보고 싶어 했어요." 수가 말했다.

"그림이요? 이런! 그 보다도 저 아가씨가 한 번 더 생각해 볼만한 것이 뭐 없나요? 이를테면 남자라던가."

"남자요?" 터무니없다는 소리를 내듯 퉁명스런 목소리로 대답했다. "남자에게 가치를… 아뇨, 선생님. 그런 건 전혀 없어요."

"Well, it is the weakness, then," said the doctor. "I will do all that science, so far as it may filter through my efforts, can accomplish[1]. But whenever my patient begins to count the carriages in her funeral procession I subtract 50 percent. from the curative power of medicines. If you will get her to ask one question about the new winter styles in cloak sleeves I will promise you a one-in-five chance for her, instead of one in ten."

After the doctor had gone Sue went into the workroom and cried a Japanese napkin to a pulp. Then she swaggered into Johnsy's room with her drawing board, whistling ragtime.

Johnsy lay, scarcely making a ripple under the bedclothes, with her face toward the window. Sue stopped whistling, thinking she was asleep.

She arranged her board and began a pen-and-ink drawing to illustrate a magazine story. Young artists must pave their way to Art by drawing pictures for magazine stories that young authors write to pave[2] their way to Literature.

---

1 이루다, 성취하다, 완성하다
2 ~the way for(to) ~의 길을 열다

"음, 그러면 이게 문제군요." 하고 의사는 말했다. "내 의술의 힘이 할 수 있는 것은 다해 보겠습니다. 하지만 환자가 자신의 장례 행렬에 올 마차 대수를 세기 시작한다면, 약의 효과는 절반으로 줄어들 겁니다. 친구에게 이번 겨울 유행할 외투 소매 스타일에 대해 한 번이라도 질문하게 만들 수 있다면 살아날 기회가 열에 하나가 아니라 다섯에 하나가 될 것이라고 약속합니다."

의사가 돌아간 후 수는 작업실로 들어가 일본풍 냅킨이 흠뻑 젖을 정도로 울었다. 그러고 나서 화판을 들고 휘파람으로 재즈를 흥얼거리며 존시가 있는 방으로 들어갔다.

존시는 잔주름도 일으키지 않은 이불 밑에서 얼굴을 창 방향으로 누워 있었다. 수는 그녀가 잠든 줄 알고 휘파람을 불지 않았다.

수는 화판을 정리하고 잡지에 실릴 삽화를 그리기 시작했다. 젊은 작가들이 문학의 길을 가는 길을 닦기 위해 잡지에 글을 쓰듯이 젊은 화가도 그 글의 삽화를 그리며 예술로 가는 길을 닦아야 했다.

As Sue was sketching a pair of elegant horseshow riding trousers and a monocle[1] on the figure of the hero, an Idaho cowboy, she heard a low sound, several times repeated. She went quickly to the bedside.

Johnsy's eyes were open wide. She was looking out the window and counting-counting backward.

"Twelve," she said, and a little later "eleven"; and then "ten," and "nine"; and then "eight" and "seven," almost together.

Sue looked solicitously out the window. What was there to count? There was only a bare, dreary yard to be seen and the blank side of the brick house twenty feet away. An old, old ivy vine, gnarled and decayed at the roots, climbed halfway up the brick wall. The cold breath of autumn had stricken its leaves from the vine until its skeleton[2] branches clung, almost bare, to the crumbling bricks.

---

1 단안경, 외알 안경
2 뼈대뿐인, 윤곽만의

수가 소설 주인공 아이다호 주 카우보이의 모습에 우아한 말 품평회용 승마용 바지 한 벌과 외알 안경을 그려 넣고 있을 때 나지막한 소리가 여러 번 되풀이해서 들려왔다. 그녀는 재빨리 침대 곁으로 갔다.

존시는 눈을 크게 뜨고 있었다. 그녀가 창밖을 내다보면 숫자를 세고 있었다. 거꾸로 세고 있는 것이었다.

"열둘"이라고 말했고 조금 후에 "열하나" 그리고 "열", "아홉" 연달아 "여덟", "일곱"을 동시에 말하다시피 했다.

수는 걱정스러운 눈으로 창밖을 바라보았다. 도대체 셀만 한 게 뭐가 있지? 보이는 것이라고는 텅 빈 마당과 20피트쯤 떨어진 벽돌집의 빈 담벼락뿐이었다. 그리고 밑동부리가 썩어가는 아주 오래된 담쟁이덩굴 하나가 그 담벼락 중간쯤까지 타고 올라가 있었다. 가을의 차가운 바람에 덩굴에 붙은 잎사귀들이 거의 다 떨어지고 앙상한 뼈대만 남은 가지만이 허물어져 가는 벽돌담에 매달려 달라붙어 있었다.

"What is it, dear?" asked Sue.

"Six," said Johnsy, in almost a whisper[1]. "They're falling faster now. Three days ago there were almost a hundred. It made my head ache[2] to count them. But now it's easy. There goes another one. There are only five left now."

"Five what, dear? Tell your Sudie."

"Leaves. On the ivy vine. When the last one falls I must go, too. I've known that for three days. Didn't the doctor tell you?"

---

1 속삭이다, 작은 소리로 이야기하다
2 아프다, 쑤시다

"얘야, 뭐하는 거야?" 수가 물었다.

"여섯." 존시가 거의 속삭이듯 말했다. "그들은 지금 더 빨리 떨어지고 있어, 3일 전에는 거의 100개나 있었어. 그것들을 세는 것은 머리가 미칠 정도였어. 하지만 지금은 쉽네. 또 하나 떨어지고 있어. 이제 남아 있는 것은 다섯 개뿐이야."

"뭐가 다섯 개야? 말해줘"

"잎새 말이야. 담쟁이덩굴에 붙어 있는 저 잎새. 마지막 하나가 떨어지면 나도 죽고 말 거야. 난 이미 3일전에 알고 있었어. 의사 선생님이 말하지 않았어?"

"Oh, I never heard of such nonsense," complained Sue, with magnificent scorn. "What have old ivy leaves to do with your getting well? And you used to love that vine so, you naughty[1] girl. Don't be a goosey. Why the doctor told me this morning that your chances for getting well real soon were let's see exactly[2] what he said-he said the chances were ten to one! Why that's almost as good a chance as we have in New York when we ride on the street cars or walk past a new building. Try to take some broth now, and let Sudie go back to her drawing, so she can sell the editor man with it, and buy port wine for her sick child, and pork chops for her greedy[3] self."

"You needn't get any more wine," said Johnsy, keeping her eyes fixed out the window. "There goes another. No, I don't want any broth. That leaves just four. I want to see the last one fall before it gets dark. Then I'll go, too."

---

1 장난꾸러기의, 말을 듣지 않는
2 엄밀히, 정밀하게
3 욕심 많은, 탐욕스러운

"아, 나는 이런 말도 안 되는 소리를 들어 본 적이 없어." 수는 몹시 경멸하며 투덜거렸다. "늙은 담쟁이덩굴 잎과 네 병이 좋아지는 것이 무슨 상관이야? 게다가 너는 늘 저 담쟁이덩굴을 너무 좋아했어, 이 개구쟁이 아가씨야. 바보 같은 소리 하지 마. 오늘 아침 의사 선생님이 그러는데, 네가 곧 회복될 가능성은... 정확히 선생님이 뭐라고 했는지 말하자면... 십중팔구라고 했어! 그 정도면 우리가 뉴욕에 살면서 전차를 타거나 새로 짓는 건물 옆을 지날 확률만큼 높은 거야. 자 그러니 이제 수프를 좀 먹도록 해. 그리고 내가 다시 그림을 그릴 수 있도록 해줘. 그래야 편집자에게 팔아 우리 아픈 아가가 마실 포도주를 사고 욕심 많은 나를 위해 돼지고기를 살 수 있을 테니까."

"더 이상 와인을 살 필요가 없어."라고 존시가 창밖을 응시한 채 말했다. "또 하나 떨어진다. 수프 따윈 먹고 싶지 않아. 이제 네 개 남았어. 날이 어두워지기 전에 마지막 하나가 떨어지는 것을 보고 싶어. 그럼 나도 떠날 거야."

"Johnsy, dear," said Sue, bending over her, "will you promise me to keep your eyes closed, and not look out the window until I am done working? I must hand those drawings in by tomorrow. I need the light, or I would draw the shade down."

"Couldn't you draw in the other room?" asked Johnsy, coldly.

"I'd rather be here by you," said Sue. "Besides[1], I don't want you to keep looking at those silly ivy leaves."

"Tell me as soon as you have finished," said Johnsy, closing her eyes, and lying white and still as a fallen statue, "because I want to see the last one fall. I'm tired of waiting. I'm tired of thinking. I want to turn loose my hold on everything, and go sailing down, down, just like one of those poor, tired leaves."

---

1 그 밖의, 따로

"존시, 제발." 수가 그녀에게 몸을 굽히며 말했다. "내가 일을 마칠 때까지 눈을 감고 창밖을 보지 않겠다고 약속해 줄래? 내가 내일까지 삽화들을 제출해야 한단 말이야. 빛이 필요하지 않았다면 차양을 내렸을 텐데."

"다른 방에서 삽화를 그리면 안 될까?" 존시가 차갑게 물었다.

"네 곁에 있고 싶어서 그래." 수가 말했다. "게다가, 나는 네가 그 바보 같은 담쟁이덩굴 잎들을 계속 쳐다보는 것이 싫어."

"끝나면 바로 알려줘." 하고 존시는 하얗게 질린 채 눈을 감은 동상처럼 가만히 누워 말했다. "난 마지막 잎새가 떨어지는 것을 보고 싶기 때문이야. 이제 기다리는 것도 지쳤어. 생각하는 것도 지겹고. 나는 이제 뭐든 집착하는 마음을 버리고 저 가엾고 지친 나뭇잎들 중 하나처럼 아래로 떨어져 내려가고 싶어."

"Try to sleep," said Sue. "I must call Behrman up to be my model for the old hermit miner. I'll not be gone a minute. Don't try to move 'till I come back."

Old Behrman was a painter who lived on the ground floor beneath them. He was past sixty and had a Michael Angelo's Moses beard curling down from the head of a satyr along the body of an imp. Behrman was a failure in art.

Forty years he had wielded the brush without getting near enough to touch the hem of his Mistress's robe. He had been always about to paint a masterpiece but had never yet begun it. For several years he had painted nothing except now and then a daub in the line of commerce or advertising. He earned a little by serving as a model to those young artists in the colony who could not pay the price of a professional. He drank gin to excess and still talked of his coming masterpiece. For the rest, he was a fierce little old man, who scoffed terribly at softness in anyone, and who regarded himself as special mastiff-in-waiting to protect the two young artists in the studio above.

"잠을 자도록 해."라고 수가 말했다. "나는 베어먼 영감을 불러다가 속세를 떠난 광부 모델이 돼 달라고 해야겠어. 금방 올게. 내가 돌아 올 때까지 꼼짝도 하지 마."

나이든 베어먼은 그들 아래 1층에 사는 화가였다. 그는 예순이 넘었고 미켈란젤로가 그린 모세상의 수염 같은 곱슬 수염이 사티로스를 닮은 머리부터 작은 도깨비를 닮은 몸통을 따라 흘러내리고 있었다. 베어만은 실패한 화가였다.

지난 40년 동안 붓을 휘둘렀지만 예술의 여신 옷자락 근처에도 가까이 가보지 못하였다. 그는 항상 걸작을 그리겠다고 했지만 시작도 하지 않았다. 몇 년 동안 그는 때때로 상업적이거나 광고용의 서툰 그림을 그렸을 뿐이었다. 전문적인 모델을 구할 수 없는 예술인 마을 젊은 화가들의 모델이 되어 약간의 돈을 벌었다. 그는 술을 지나치게 많이 마시면서도 여전히 걸작을 그릴 것이라는 이야기를 늘어놓곤 했다. 그 밖의 면에서도 그저 성질 사나운 작은 노인으로 어느 누구든지 약한 모습을 보이면 비웃었지만 위층 화실에 있는 두 젊은 화가들을 보호하기 위해 기다리는 특별 감시견 역할을 자처하고 있었다.

Sue found Behrman smelling strongly of juniper berries in his dimly lighted den below. In one corner was a blank canvas on an easel that had been waiting there for twenty-five years to receive the first line of the masterpiece. She told him of Johnsy's fancy, and how she feared she would, indeed, light and fragile as a leaf herself, float away when her slight hold upon the world grew weaker.

Old Behrman, with his red eyes, plainly streaming, shouted his contempt and derision for such idiotic imaginings.

"Vass!" he cried. "Is dere people in de world mit der foolishness to die because leaf's dey drops off from a confounded[1] vine? I haf not heard of such a thing. No, I will not bose as a model for your fool hermit-dunderhead. Vy do you allow dot silly pusiness to come in der prain of her? Ach, dot poor leetle Miss Yohnsy."

---

1 말도 안 되는, 터무니없는

수는 아래층에 있는 희미한 불빛의 소굴에서 노간주나무 열매 냄새를 강하게 풍기는 베어먼을 발견했다. 방 한쪽 구석에는 걸작의 첫 획을 25년 동안 기다려온 이젤 위에 텅 빈 캔버스가 놓여 있었다. 수는 그에게 존시의 환상에 대해 이야기하며, 세상을 붙들고 있는 얼마 안 되는 의지가 점점 더 약해지면 정말로 나뭇잎처럼 가볍고 연약해질까봐 얼마나 두려운지에 대해 말했다.

베어먼 영감은 충혈 된 붉은 눈으로 눈물을 흘리면서 그런 어리석은 망상에 대한 경멸과 조롱을 퍼부었다.

"무슨 소리야!" 그는 소리쳤다. "담쟁이덩굴 잎새가 좀 떨어진다고 죽겠다는 멍청한 인간이 이 세상에 어디 있단 말이야? 나는 이런 소리를 들어본 적이 없어. 그만둬, 바보 같은 아가씨의 모델은 안 하겠어. 왜 존시가 그런 터무니없는 생각을 하도록 내버려 두는 거지? 가엾은 존시."

"She is very ill and weak," said Sue, "and the fever has left her mind morbid and full of strange fancies. Very well, Mr. Behrman, if you do not care to pose for me, you needn't. But I think you are a horrid old-old flibbertigibbet."

"You are just like a woman!" yelled Behrman. "Who said I will not bose? Go on. I come mit you. For half an hour I haf peen trying to say dot I am ready to bose. Gott! dis is not any blace in which one so goot as Miss Yohnsy shall lie sick. Some day I vill baint a masterpiece, and ve shall all go away. Gott! yes."

Johnsy was sleeping when they went upstairs. Sue pulled the shade down to the window-sill, and motioned Behrman into the other room. In there they peered out the window fearfully at the ivy vine. Then they looked at each other for a moment without speaking. A persistent, cold rain was falling, mingled with snow. Behrman, in his old blue shirt, took his seat as the hermit miner on an upturned kettle for a rock.

"그 애는 지금 무척 아프고 약해져 있어요." 수가 말했다. "게다가 열로 인해 마음에 병이 들어 이상한 환상으로 가득 차 있어요. 베어먼 씨, 제 모델이 되어주지 않아도 되요. 저는 당신을 끔직하고 늙은 경박한 사람으로 생각 할 거예요."

"당신도 영락없는 여자로군!" 베어먼이 소리쳤다. "내가 모델을 안 한다고 누가 그래? 자아, 가자고. 나도 함께 가지. 30분전부터 계속 준비가 되었다고 말하려던 참이었어. 젠장! 여기는 존시 같이 좋은 사람이 앓아누워 있을만한 곳이 아니지. 언젠가 내가 걸작을 그리면 모두 이곳을 떠나자고. 그래! 그렇고말고."

그들이 위층으로 올라갔을 때 존시는 잠들어 있었다. 수는 커튼을 창턱까지 끌어내린 다음 베어먼에게 다른 방으로 들어가자고 손짓을 했다. 그곳에서 그들은 창밖으로 담쟁이덩굴을 겁먹은 듯 바라보았다. 그리고는 잠시 아무 말 없이 서로를 바라보았다. 눈 섞인 차가운 비가 끈질기게 내리고 있었다. 낡은 파란색 셔츠를 입은 베어먼은 바위 대신 거꾸로 뒤집은 주전자 위에 속세를 떠난 광부처럼 앉았다.

When Sue awoke from an hour's sleep the next morning she found Johnsy with dull, wide-open eyes staring at the drawn green shade.

"Pull it up; I want to see," she ordered, in a whisper.

Wearily Sue obeyed.

But, lo! after the beating rain and fierce[1] gusts of wind that had endured through the livelong night, there yet stood out against the brick wall one ivy leaf. It was the last on the vine. Still dark green near its stem, but with its serrated edges tinted with the yellow of dissolution and decay[2], it hung bravely from a branch some twenty feet above the ground.

"It is the last one," said Johnsy. "I thought it would surely fall during the night. I heard the wind. It will fall today, and I shall die at the same time."

---

1 흉포한, 몹시 사나운
2 썩다, 부패하다

이튿날 아침 수가 한 시간쯤 자고 일어났을 때 눈을 크게 뜨고 창에 쳐진 녹색 차항을 빤히 바라보고 있는 존시를 발견했다.

"저것 좀 걷어 줘. 나는 보고 싶단 말이야." 하고 존시는 속삭이듯 말했다.

수는 마지못해 그렇게 해 주었다.

그런데 어찌 된 일인가! 밤새도록 맹렬한 비와 거센 돌풍이 지나간 후에도 담쟁이덩굴 잎사귀 하나가 벽돌담에 기대어 여전히 남아 있는 것이었다. 덩굴에 붙은 마지막 잎새였다. 줄기 근처는 여전히 짙은 녹색이었지만 톱니 모양의 가장자리는 분해와 소멸에 누렇게 시든 채 지상 20피트 위 가지에 용감하게 매달려 있었다.

"마지막 잎새야."하고 존시가 말했다. "밤새 틀림없이 떨어질 거라고 생각했는데. 바람 소리도 들렸거든. 오늘은 떨어질 거야. 그러면 나도 함께 죽게 되겠지."

"Dear, dear!" said Sue, leaning her worn face down to the pillow, "think of me, if you won't think of yourself. What would I do?"

But Johnsy did not answer. The loneliest thing in all the world is a soul when it is making ready to go on its mysterious[1], far journey. The fancy seemed to possess her more strongly as one by one the ties that bound her to friendship and to earth were loosed.

The day wore away, and even through the twilight they could see the lone ivy leaf clinging[2] to its stem against the wall. And then, with the coming of the night the north wind was again loosed, while the rain still beat against the windows and pattered down from the low Dutch eaves.

When it was light enough Johnsy, the merciless, commanded that the shade be raised.

---

1 신비한, 불가사의한
2 찰싹 달라붙는

"제발, 제발." 수가 지친 얼굴을 베개에 기대면서 말했다. "너 자신을 생각하고 싶지 않다면, 나를 좀 생각해 줘. 내가 지금 어떻게 해야 되는 거니?"

그러나 존시는 대답하지 않았다. 이 세상에서 가장 외로운 것은 신비로운 머나먼 곳으로 여행을 떠날 준비를 하고 있는 영혼일 것이다. 우정이나 지상에 얽매였던 매듭이 하나씩 풀리면서 상상이 그녀를 더욱 강하게 사로잡는 것처럼 보였다.

날이 저물고 황혼이 지나도 그들은 담쟁이덩굴 잎사귀가 담벼락 줄기에 달라붙어 있는 것을 볼 수 있었다. 그리고 밤이 되면서 북풍이 또다시 불기 시작하고 빗줄기는 여전히 창문을 두드렸고 나지막한 네덜란드식 처마에서 뚝뚝 떨어졌다.

날이 충분히 밝았을 때 존시는 가차 없이 차향을 걷으라고 명령하듯 말했다.

The ivy leaf was still there.

Johnsy lay for a long time looking at it. And then she called to Sue, who was stirring her chicken broth over the gas stove.

"I've been a bad girl, Sudie," said Johnsy. "Something has made that last leaf stay there to show me how wicked I was. It is a sin[1] to want to die. You may bring me a little broth now, and some milk with a little port in it, and-no; bring me a hand mirror first, and then pack some pillows about me, and I will sit up and watch you cook."

An hour later she said:

"Sudie, someday I hope to paint the Bay of Naples."

---

1 (종교,도덕상의) 죄, 죄악

담쟁이덩굴 잎새는 여전히 그곳에 있었다.

존시는 누워 그것을 오랫동안 바라보았다. 그러고 나서 그녀는 가스레인지 위에서 닭고기 수프를 젓고 있는 수를 불렀다.

"나는 나쁜 애였어, 수." 존시가 말했다. "알 수 없는 뭔가가 내가 얼마나 사악했는지 보여주기 위해 마지막 잎새를 저곳에 남겨놓은 거야. 죽고 싶어 하는 것은 죄악이야. 이제 나에게 수프를 조금 가져다 줘. 포도주를 조금만 넣어서 갖다 줘. 그리고... 아니다. 우선 손거울부터 가져다줘. 그리고 등에 베개를 몇 개 더 가져다 받쳐 주고. 그러면 나는 일어나 앉아 네가 요리하는 것을 지켜볼게."

한 시간 후에 그녀는 말했다.

"수, 난 언젠가 나폴리 만을 그리고 싶어."

The doctor came in the afternoon, and Sue had an excuse to go into the hallway as he left.

"Even chances," said the doctor, taking Sue's thin, shaking hand in his. "With good nursing, you'll win. And now I must see another case I have downstairs. Behrman, his name is some kind of an artist, I believe. Pneumonia, too. He is an old, weak man, and the attack is acute[1]. There is no hope for him, but he goes to the hospital today to be made more comfortable[2]."

The next day the doctor said to Sue: "She's out of danger. You've won. Nutrition and care now that's all."

And that afternoon Sue came to the bed where Johnsy lay, contentedly knitting[3] a very blue and very useless woolen shoulder scarf, and put one arm around her, pillows and all.

---

1 급성의, 급성 환자
2 편한, 고통이 없는
3 뜨개질

오후에 의사가 왔고, 수는 의사가 떠날 때 일부러 핑계를 대고 복도로 따라 나왔다.

"이제 가능성은 반반이에요."하고 의사는 수의 떨리는 손을 잡으며 말했다. "간호를 잘하면 이길 수 있을 거예요. 자, 그럼 난 아래층에 있는 환자를 보러 가야 되요. 이름은 베어먼이라는 화가라고 하던데. 똑같이 폐렴인데 그는 나이가 많고 쇠약한 데다 심지어 급성이에요. 그에게는 희망이 없어 보여요. 조금이라도 더 편안하게 해주기 위해 오늘 병원으로 옮기려고 해요."

이튿날 의사가 수에게 말했다. "이제는 위험에서 벗어났어요. 당신이 이겼습니다. 이제 영양 섭취와 잘 돌봐 주기만 하면 됩니다."

그리고 그날 오후 수는 존시가 누워있는 침대로 와, 누운 채 짙은 파란색 모직 숄을 만족스럽게 뜨개질하고 있는 존시에게 다가가 한 팔로 그녀를 감싸고 있는 베개와 함께 끌어안았다.

"I have something to tell you, white mouse," she said. "Mr. Behrman died of pneumonia today in the hospital. He was ill for only two days. The janitor[1] found him on the morning of the first day in his room downstairs helpless with pain. His shoes and clothing were wet through and icy cold. They couldn't imagine where he had been on such a dreadful[2] night. And then they found a lantern, still lighted, and a ladder that had been dragged from its place, and some scattered brushes, and a palette with green and yellow colors mixed on it, and look out the window, dear, at the last ivy leaf on the wall. Didn't you wonder why it never fluttered or moved when the wind blew? Ah, darling, it's Behrman's masterpiece-he painted it there the night that the last leaf fell."

---

1 청소원, 잡역부, 관리인
2 a ~ storm 무시무시한 폭풍우

"너에게 할 말이 있어. 하양 생쥐 아가씨."라고 그녀가 말했다. "베어먼 씨는 오늘 병원에서 폐렴으로 돌아가셨어. 겨우 이틀을 앓았는데. 첫날 아침에 관리인이 고통으로 힘들어하는 그를 발견했어. 신발과 옷은 흠뻑 젖어 있었고 얼음처럼 차가우셨대. 그렇게 날씨가 사나운 밤에 어디를 갔었는지 아무도 상상할 수가 없었어. 그런데 여전히 불이 켜져 있는 램프와 늘 놓아두던 자리에서 꺼내온 사다리, 여기저기 흩어져 있는 그림붓들과 초록색과 노란색이 섞여 있는 팔레트가 발견된 거야. 창밖을 봐. 저 벽에 붙어 있는 저 마지막 담쟁이 잎새를 말이야. 바람이 불어도 펄럭이거나 움직이지 않는 게 이상하지 않았어? 아, 존시. 저게 바로 베어먼 씨가 그린 걸작이야. 마지막 잎새가 떨어지던 밤에 그분이 저기에다 그려놓은 거야."

After Twenty Years

by O. Henry

The policeman on the beat moved up the avenue impressively. The impressiveness was habitual[1] and not for show, for spectators were few. The time was barely 10 o'clock at night, but chilly[2] gusts of wind with a taste of rain in them had well nigh de-peopled the streets.

Trying doors as he went, twirling his club with many intricate and artful movements, turning now and then to cast his watchful eye adown the pacific thoroughfare, the officer, with his stalwart form and slight swagger, made a fine picture of a guardian of the peace. The vicinity was one that kept early hours. Now and then you might see the lights of a cigar store or of an all-night lunch counter, but the majority of the doors belonged to business places that had long since been closed.

---

1 습관적인
2 차가운, 으스스한

순찰중인 경찰관이 위풍당당한 모습으로 길을 따라 걸어갔다. 그의 당당한 걸음걸이는 습관적인 것이지 과시용은 아닌 것 같았다. 밤 10시가 다 되어가는 시각이었지만 비를 동반한 차가운 강풍 때문인지 거리에는 사람들의 모습이 거의 보이지 않았다.

건장한 체구의 경찰관은 능숙한 솜씨로 곤봉을 복잡한 동작으로 휘두르며 한적한 거리를 의심의 눈초리로 다니며 문단속은 잘했는지 확인하며 순찰을 하고 있었다. 그의 이런 모습은 평화의 수호자 같은 멋진 그림을 만들어냈다. 이곳에 사는 사람들은 일찍 자고 일찍 일어났다. 간혹 담배 가게나 밤새워 영업하는 간이식당의 불빛이 보이는 경우는 있지만 대부분 이미 문을 닫은 지 오래된 영업장들이었다.

When about midway of a certain block the policeman suddenly slowed his walk. In the doorway of a darkened hardware store a man leaned, with an unlighted cigar in his mouth. As the policeman walked up to him the man spoke up quickly.

"It's all right, officer," he said, reassuringly. "I'm just waiting for a friend. It's an appointment made twenty years ago. Sounds a little funny to you, doesn't it? Well, I'll explain if you'd like to make certain it's all straight. About that long ago there used to be a restaurant where this store stands-'Big Joe' Brady's restaurant."

"Until five years ago," said the policeman. "It was torn down then."

The man in the doorway[1] struck a match and lit his cigar. The light showed a pale, square-jawed face with keen eyes and a little white scar near his right eyebrow. His scarfpin was a large diamond, oddly set.

---

1 문간, 출입구

어느 구역의 중간쯤 되었을 때 경찰관은 갑자기 걸음을 늦췄다. 한 남자가 불을 붙이지 않은 시가를 입에 문채 철문점 문간에 기대어 서 있었던 것이다. 경찰이 그에게 다가서자 사내는 재빨리 말을 했다.

"괜찮습니다. 경관님." 그가 안심시키려는 듯 말했다. "저는 친구를 기다리고 있을 뿐입니다. 20년 전에 한 약속이지요. 경관님에게 좀 이상하게 들리겠죠? 제가 설명해 드릴게요. 옛날에 지금 이 가게가 있는 자리에 식당이 하나 있었습니다. '빅 조 브래디' 식당입니다."

"5년 전까지는 있었죠."하고 경찰관이 말했다. "그때 철거되었습니다."

문간에 있던 남자가 성냥을 그어 시가에 불을 붙였다. 불빛에 날카로운 눈매에 창백하고 각진 턱의 얼굴과 오른쪽 눈썹 근처에 하얀 흉터가 드러났다. 그의 넥타이핀은 커다란 다이아몬드 모양이었는데 특이하게 세팅되어 있었다.

"Twenty years ago tonight," said the man, "I dined here at 'Big Joe' Brady's with Jimmy Wells, my best chum, and the finest chap[1] in the world. He and I were raised here in New York, just like two brothers, together. I was eighteen and Jimmy was twenty. The next morning I was to start for the West to make my fortune. You couldn't have dragged Jimmy out of New York; he thought it was the only place on earth. Well, we agreed that night that we would meet here again exactly twenty years from that date and time, no matter what our conditions might be or from what distance we might have to come. We figured that in twenty years each of us ought to have our destiny worked out and our fortunes made, whatever they were going to be."

"It sounds pretty interesting," said the policeman. "Rather a long time between meets, though, it seems to me. Haven't you heard from your friend since you left?"

---

1 놈, 녀석(친밀감이 담겨 있음)

"20년 전 오늘밤이었죠." 하고 그 사나이는 말했다. "이곳 '빅 조' 브랜드 식당에서 저의 가장 친한 친구이자 세계에서 제일 좋은 사람인 지미 웰스와 함께 식사를 했습니다. 그와 나는 이곳 뉴욕에서 형제처럼 함께 자랐습니다. 저는 열여덟 살이었고 지미는 스무 살이었습니다. 다음날 아침이면 저는 돈을 모으기 위해 서부로 출발하기로 되어 있었습니다. 지미를 뉴욕 밖으로 끌고 나갈 수는 없었을 겁니다. 지미는 이곳이 지구상에 유일한 곳이라고 생각했었거든요. 어찌되었던 그날 밤 우리가 어떤 상황에 처하든, 또 아무리 먼 거리에서 오더라도 정확히 20년 후에 이곳에서 다시 만나기로 했습니다. 20년 후에 우리는 각각 어떤 식으로든 운명을 개척하고 재산을 모으리라고 생각했죠."

"꽤나 흥미로운 이야기군요." 경찰관이 말했다. "하지만 제가 보기에는 만남 사이에 다소 많은 시간이 지난 거 같네요. 이곳을 떠난 후 친구에게서 소식이 없었나요?"

45

"Well, yes, for a time we corresponded," said the other. "But after a year or two we lost track of each other. You see, the West is a pretty big proposition, and I kept hustling[1] around over it pretty lively. But I know Jimmy will meet me here if he's alive, for he always was the truest, stanchest old chap in the world. He'll never forget. I came a thousand miles to stand in this door tonight, and it's worth it if my old partner turns up."

The waiting man pulled out a handsome watch, the lids of it set with small diamonds.

"Three minutes to ten," he announced. "It was exactly ten o'clock when we parted here at the restaurant door."

---

1 원기 왕성한, 활동적인

"있었죠, 한동안 우리는 편지를 주고받았으니까요."라고 사내는 말했다. "하지만 한두 해가 지나자 서로 소식이 끊겨 버렸습니다. 아시다시피 서부는 꽤 큰 지역이고 게다가 저는 그곳에서 무척 분주하게 움직여야 했습니다. 하지만 지미가 살아 있다면 저를 만나러 이곳으로 올 것이 틀림없습니다. 지미는 항상 세상에서 가장 진실하고 믿을 만한 친구였으니까요. 그는 절대 잊지 않을 겁니다. 오늘밤 이 문에 서있기 위해 1000마일을 달려왔는데, 옛 친구가 오기만 한다면 그만한 충분한 가치가 있는 셈이지요."

친구를 기다리고 있는 남자가 근사한 회중시계를 꺼냈다. 그 시계 뚜껑에는 작은 다이아몬드가 박혀 있었다.

"10시 3분전이군요." 남자가 말했다. "우리가 이 식당입구에서 헤어진 시각이 10시 정각이었습니다."

"Did pretty well out West, didn't you?" asked the policeman.

"You bet! I hope Jimmy has done half as well. He was a kind of plodder[1], though, good fellow as he was. I've had to compete[2] with some of the sharpest wits going to get my pile. A man gets in a groove in New York. It takes the West to put a razor-edge on him."

The policeman twirled his club and took a step or two.

"I'll be on my way. Hope your friend comes around all right. Going to call time on him sharp?"

"I should say not!" said the other. "I'll give him half an hour at least. If Jimmy is alive on earth he'll be here by that time. So long, officer."

"Good night, sir," said the policeman, passing on along his beat, trying doors as he went.

---

1 꾸준히 일을 하는 사람
2 겨루다, 경쟁하다

"서부에서 일이 잘되셨나요?" 경찰관이 물었다.

"물론이지요! 제가 성공한 만큼의 반만이라도 지미가 했으면 좋겠어요. 그런데 그 친구는 좋은 녀석이긴 하지만 꾸준히 노력하는 주의였지요. 저는 돈을 벌기 위해 약삭빠른 놈들과 경쟁을 해야만 했어요. 뉴욕에서는 모든 사람을 천편일률적으로 만들죠. 사람이 면도날처럼 날카롭고 빈틈없게 되는 곳이 서부랍니다."

경찰관은 봉을 빙글빙글 돌리며 한두 걸음 내딛기 시작했다.

"이제 그만 가 봐야겠습니다. 친구 분이 오시길 바랍니다. 약속한 시간까지만 기다리실 건가요?"

"그렇지 않죠."하고 사나이가 말했다. "최소한 30분은 기다려 줘야죠. 지미가 이 지구상에 살아있다면 그 시간까지는 이곳에 있을 겁니다. 안녕히 가세요. 경찰관님."

"선생님, 좋은 밤 되길 바랍니다."하고 말하고 경찰관은 문단속을 해가면서 순찰을 계속했다.

There was now a fine, cold drizzle[1] falling, and the wind had risen from its uncertain puffs into a steady blow. The few-foot passengers astir in that quarter hurried dismally and silently along with coat collars turned high and pocketed hands. And in the door of the hardware store the man who had come a thousand miles to fill an appointment, uncertain almost to absurdity, with the friend of his youth, smoked his cigar and waited.

About twenty minutes he waited, and then a tall man in a long overcoat, with collar turned up to his ears, hurried across from the opposite side of the street. He went directly[2] to the waiting man.

"Is that you, Bob?" he asked, doubtfully.

"Is that you, Jimmy Wells?" cried the man in the door.

---

1 보슬비, 이슬비, 가랑비
2 똑바로, 곧장

이제는 가늘고 차가운 가랑비가 내리고 있었고 불규칙적이었던 바람은 이젠 쉬지 않고 불어대는 강풍으로 변해 있었다. 그 구역을 지나는 몇 안 되는 행인들은 옷깃을 세우고 주머니에 손을 찔러 넣은 채 침울한 표정으로 말없이 갈 길을 서둘렀다. 그리고 철문점 출입구에는 젊은 시절 확실치 않은 약속을 지키기 위해 1000마일을 달려온 남자가 시가를 피우며 친구를 기다리고 있었다.

　약 20분을 기다리고 있을 때 긴 외투를 입은 큰 키의 남자가 옷깃을 귀까지 치켜세우고 빠른 걸음으로 길 건너편에서 건너왔다. 그가 기다리는 남자에게 곧장 다가갔다.

　"자네가 밥인가?" 그가 의심스럽다는 듯 물었다.

　"지미 웰스, 너니?" 입구에 서 있던 남자가 외쳤다.

"Bless my heart!" exclaimed the new arrival, grasping both the other's hands with his own. "It's Bob, sure as fate[1]. I was certain I'd find you here if you were still in existence. Well, well, well! - twenty years is a long time. The old restaurant's gone, Bob; I wish it had lasted, so we could have had another dinner there. How has the West treated you, old man?"

"Bully; it has given me everything I asked it for. You've changed lots, Jimmy. I never thought you were so tall by two or three inches."

"Oh, I grew a bit after I was twenty."

"Doing well in New York, Jimmy?"

"Moderately[2]. I have a position in one of the city departments. Come on, Bob; we'll go around to a place I know of, and have a good long talk about old times."

1　운명, 숙명
2　중간 정도로, 적당히

"이건 축복이군!"하고 도착한 남자는 사내의 두 손을 잡으며 소리쳤다. "분명히 밥이군. 나는 자네가 아직 살아 있다면 여기서 너를 꼭 찾을 수 있을 거라고 확신했어. 그래, 그래! 20년은 긴 시간이야. 그 오래된 식당은 없어졌어, 밥. 아직까지 남아 있었으면 이곳에서 또 저녁을 먹을 수 있었을 텐데. 서부는 어떻던가, 친구?"

"굉장해, 내가 바라기만 하면 뭐든 손안에 넣을 수 있었어. 지미 많이 변했구나, 이렇게 네가 2, 3인치나 키가 큰 줄 몰랐어."

"아, 스무 살 이후에 좀 자랐어."

"뉴욕에서 잘 지내니, 지미?"

"그럭저럭, 난 시청에서 일하고 있어, 밥, 내가 잘 아는 곳으로 가서 옛날이야기를 좀 하자."

The two men started up the street, arm in arm. The man from the West, his egotism[1] enlarged by success, was beginning to outline the history of his career. The other, submerged in his overcoat, listened with interest.

At the corner stood a drug store, brilliant with electric lights. When they came into this glare each of them turned simultaneously to gaze upon the other's face.

The man from the West stopped suddenly and released his arm.

"You're not Jimmy Wells," he snapped. "Twenty years is a long time, but not long enough to change a man's nose from a Roman[2] to a pug[3]."

---

1 자부심, 자만
2 Roman nose
3 Pug nose

두 사람은 서로 팔짱을 끼고 길을 따라 올라가기 시작했다. 서부에서 온 남자가 자신의 성공에 대해 자부심에 한껏 부풀어서 그동안 겪었던 일들은 말하기 시작했다. 다른 남자는 외투에 몸을 파묻고 관심 있게 그의 이야기에 귀를 기울였다.

모퉁이에 전등불이 환하게 켜진 약국이 있었다. 그들이 그 불빛 속에 들어오자 그들은 동시에 서로의 얼굴을 바라보았다.

서부에서 온 남자가 갑자기 멈추더니 팔짱을 풀었다.

"당신은 지미 웰스가 아니야." 그가 그를 쏘아 붙였다. "20년이란 세월이 긴 시간이지만 매부리코에서 들창코로 바꿀 만큼은 아니지."

"It sometimes changes a good man into a bad one," said the tall man. "You've been under arrest[1] for ten minutes, 'Silky' Bob. Chicago thinks you may have dropped over our way and wires us she wants to have a chat with you. Going quietly, are you? That's sensible. Now, before we go on to the station here's a note I was asked to hand you. You may read it here at the window. It's from Patrolman Wells."

The man from the West unfolded the little piece of paper handed him. His hand was steady when he began to read, but it trembled a little by the time he had finished. The note was rather short.

Bob: I was at the appointed place on time. When you struck the match to light your cigar I saw it was the face of the man wanted in Chicago. Somehow I couldn't do it myself, so I went around and got a plain clothes man to do the job.

Jimmy.

---

1 체포하다

"때로는 좋은 사람을 나쁜 사람으로 바꿔 놓기도 하지." 키 큰 남자가 말했다. "넌 이미 10시전에 체포됐어. '실키' 밥. 시카고 경찰이 자네가 이리로 왔을지도 모른다고 생각해서 우리에게 전보를 보냈어. 얌전히 가는 거지? 그렇게 하는 것이 좋을 거야. 그런데 우리가 경찰서로 가기 전에 자네에게 전해주라고 부탁받은 쪽지가 있네, 여기 창가 앞에서 읽어봐. 순찰 중이던 웰스 경관이 전해 준 거야."

서부에서 온 남자가 건네받은 작은 종이를 펼쳤다. 그가 쪽지를 읽기 시작했을 때 그의 손은 흔들리지 않았지만, 그의 손은 쪽지를 다 읽을 무렵에는 약간 떨리고 있었다. 쪽지의 글은 짧은 편이었다.

"밥, 나는 제 시간에 약속 장소에 도착했었어. 네가 시가에 불을 붙이고 성냥을 켜는 순간 시카고에서 수배된 사람이라는 것을 알았어. 도저히 내 스스로 너를 체포할 수 없었어. 그래서 돌아가 사복경찰에게 그 일을 부탁한 거라네."

지미.

The Gift of the Magi

by O. Henry

One dollar and eighty-seven cents. That was all. And sixty cents of it was in pennies. Pennies saved one and two at a time by bulldozing[1] the grocer and the vegetable man and the butcher until one's cheeks burned with the silent imputation[2] of parsimony that such close dealing implied. Three times Della counted it. One dollar and eighty-seven cents. And the next day would be Christmas.

There was clearly nothing to do but flop down on the shabby[3] little couch and howl. So Della did it. Which instigates the moral reflection that life is made up of sobs, sniffles, and smiles, with sniffles predominating.

While the mistress of the home is gradually subsiding from the first stage to the second, take a look at the home. A furnished flat at $8 per week. It did not exactly beggar description, but it certainly had that word on the lookout for the mendicancy squad.

---

1 밀고 나가다
2 비난, 비방, 오명
3 초라한, 허름한

1달러 87센트. 그게 전부였다. 그 중 60센트는 1센트짜리 동전이었다. 이 동전은 식료품점, 야채가게, 정육점 주인들과 우격다짐 흥정으로 밀어붙여 매번 한두 푼씩 모은 것이다. 그럴 때마다 인색한 태도를 내심 비난당하고 있는 것 같아 뺨이 화끈거리는 심정을 느끼곤 했다. 델라는 세 번이나 세어 보았다.

1달러 87센트였다. 그리고 내일은 크리스마스였다.

초라한 작은 소파에 털썩 주저앉아 할 수 있는 것은 우는 것 외에 별다른 방법이 없었다. 그래서 델라는 그렇게 울고 말았다. 이런 모습을 보면, 인생이란 흐느낌과 흘쩍거림 그리고 미소로 이루어졌고 그 중에서도 훌쩍일 때가 가장 많다는 교훈이 떠올랐다.

이 집 안주인이 첫 번째 단계에서 두 번째 단계로 점차 진정돼 가는 동안 잠시 집안을 살펴보도록 하자. 가구가 딸린 아파트는 주당 집세가 8달러이다. 그것은 어처구니없을 정도는 아니었지만 부랑자들이 몰려와도 이상하지 않을 만큼 초라한 집이었다.

In the vestibule below was a letterbox into which no letter would go, and an electric button from which no mortal finger could coax a ring. Also appertaining thereunto was a card bearing the name "Mr. James Dillingham Young."

The "Dillingham" had been flung to the breeze during a former period of prosperity[1] when its possessor was being paid $30 per week. Now, when the income[2] was shrunk to $20, though, they were thinking seriously of contracting to a modest and unassuming D. But whenever Mr. James Dillingham Young came home and reached his flat above he was called "Jim" and greatly hugged by Mrs. James Dillingham Young, already introduced to you as Della. Which is all very good.

---

1 번영, 번창
2 소득, 수입

아래층 현관에는 편지 한 통 배달된 적 없는 우편함과 아무리 손가락으로 눌러도 소리 나지 않는 전기초인종이 달려 있었다. 그리고 '제임스 딜링햄 영'이란 이름의 문패가 붙어 있었다.

이 집 주인이 주급 30달러를 받던 호경기에는 '딜링햄'이란 이름은 순풍에 좋게 번창했다. 그러나 수입이 20달러로 줄어든 지금 '딜링햄'은 겸손하게 D자 한글자로 줄어든 것처럼 희미하게 보였다. 그러나 제임스 딜링햄 영 씨가 돌아와 위층 자기 집에 도착할 때면 이미 델라라고 소개한, 그러니깐 제임스 딜링햄 영 부인은 다정하게 그를 '짐'이라 부르며 끌어안아 주었다. 이것은 매우 흐뭇한 장면이었다.

Della finished her cry and attended to her cheeks with the powder rag. She stood by the window and looked out dully at a gray cat walking a gray fence in a gray backyard. Tomorrow would be Christmas Day, and she had only $1.87 with which to buy Jim a present. She had been saving every penny she could for months, with this result[1]. Twenty dollars a week doesn't go far. Expenses had been greater than she had calculated. They always are. Only $1.87 to buy a present for Jim. Her Jim. Many a happy hour she had spent planning for something nice for him. Something fine and rare and sterling-something just a little bit near to being worthy of the honor of being owned by Jim.

There was a pier-glass between the windows of the room. Perhaps you have seen a pier-glass in an $8 flat. A very thin and very agile[2] person may, by observing his reflection in a rapid sequence of longitudinal strips, obtain a fairly accurate conception of his looks. Della, being slender, had mastered the art.

---

1 결과, 결실
2 날렵한, 민첩한

델라는 울음을 멈추고 파우더 분첩으로 얼굴을 매만졌다. 그녀는 창가에 서서 잿빛 뒤마당의 잿빛 울타리 위를 걷고 있는 잿빛 고양이를 멍하니 내다보았다. 내일이 크리스마스인데 그녀는 짐에게 선물을 사줄 1달러 87센트만 가지고 있었다. 그녀는 몇 달 동안 그녀가 최선을 다해 한 푼도 남기지 않고 저축했지만 고작 이것이었다. 주급 20달러로는 어림도 없었다. 그녀가 예상했던 것보다 지출은 초과됐다. 지출이란 항상 그런 법이다. 짐에게 선물을 사줄 돈이 1.87달러밖에 안 된다. 그녀의 짐에게. 그녀는 그를 위해 무엇이 좋을까하고 계획을 짜면서 많은 시간을 행복하게 보냈다. 무엇인가 훌륭하고 희귀하고 특별한 것. 짐의 소유하면 명예와 어울릴만한 그런 것이어야 했다.

방의 창문 사이에 전신거울이 있었다. 아마 여러분은 주당 8달러짜리 아파트에서 이런 거울을 본적이 있을 것이다. 몸이 몹시 마르고 매우 민첩한 사람이라면 세로로 길쭉하게 몸을 빠른 순서로 비춰봄으로써 자신의 모습에 대해 꽤 정확하게 파악할 수 있다. 델라는 날씬해서 요령을 잘 익혔다.

Suddenly she whirled from the window and stood before the glass. Her eyes were shining brilliantly[1], but her face had lost its color within twenty seconds. Rapidly she pulled down her hair and let it fall to its full length.

Now, there were two possessions of the James Dillingham Youngs in which they both took mighty pride. One was Jim's gold watch that had been his father's and his grandfather's. The other was Della's hair. Had the queen of Sheba lived in the flat across the airshaft, Della would have let her hair hang out the window some day to dry just to depreciate Her Majesty's jewels and gifts. Had King Solomon been the janitor, with all his treasures piled up in the basement, Jim would have pulled out his watch every time he passed, just to see him pluck at his beard from envy.

---

1 눈부신, 훌륭한, 멋진

갑자기 그녀가 창가에서 휙 돌아서더니 거울 앞에 섰다. 그녀의 눈은 찬란하게 빛나고 있었지만 얼굴은 20초도 지나지 않아 핏기가 사라져 있었다. 그녀는 재빨리 머리카락을 아래로 잡아당겨 길게 늘어뜨렸다.

제임스 딜리햄 영 부부에게는 엄청남 자부심을 갖는 두 가지 소유물이 있었다. 하나는 할아버지와 아버지에게서 물려받은 짐의 금시계였다. 다른 하나는 델라의 머리카락이었다. 만약 시바의 여왕이 환기통 건너편 아파트에 살았다면 델라가 머리카락을 창밖으로 늘어뜨려 말리는 것만으로도 여왕의 보석과 선물은 보잘것없다고 느끼게 만들었을 것이다. 솔로몬 왕이 모든 보물을 지하실에 쌓아놓고 관리를 한다면, 짐이 그곳을 지나갈 때마다 자기 시계를 꺼내 보면 왕은 부러워 자신의 수염을 쥐어뜯는 일이 벌어지고 말았을 것이다.

So now Della's beautiful hair fell about her rippling and shining like a cascade of brown waters. It reached below her knee and made itself almost a garment[1] for her. And then she did it up again nervously[2] and quickly. Once she faltered for a minute and stood still while a tear or two splashed[3] on the worn red carpet.

On went her old brown jacket; on went her old brown hat. With a whirl of skirts and with the brilliant sparkle still in her eyes, she fluttered out the door and down the stairs to the street.

Where she stopped the sign read: "Mme. Sofronie. Hair Goods of All Kinds." One flight up Della ran, and collected herself, panting. Madame, large, too white, chilly, hardly looked the "Sofronie."

"Will you buy my hair?" asked Della.

"I buy hair," said Madame. "Take yer hat off and let's have a sight at the looks of it."

---

1 의복, 옷
2 불안해, 초조해, 두려워
3 철벅 떨어지다

지금 델라의 아름다운 머리카락은 길게 흘러내렸고 갈색 폭포수처럼 물결치며 빛났다. 그녀의 무릎 아래까지 닿아 그녀의 옷처럼 되었다. 그녀는 초조한 듯 빠르게 다시 머리를 감아 올렸다. 그리고는 잠시 머뭇거리다가 다 해진 붉은 카펫위로 한두 방울 눈물을 떨구며 가만히 서 있었다.

그녀는 낡은 갈색 재킷을 입고 낡은 갈색 모자를 썼다. 치맛자락을 빙빙 돌리더니 눈에 반짝이는 눈물을 머금고 문밖으로 치마를 펄럭이며 계단을 내려와 거리로 나섰다.

그녀가 멈춘 곳에는 이렇게 적혀 있었다. "마담 소프로니, 모든 종류의 헤어 용품." 델라는 단숨에 뛰어 올라서서 마음을 진정시켰다. 마담은 몸집이 크고, 지나치게 하얗고, 냉정해 보여 '소프로니'라는 이름과 어울리지 않아 보였다.

"제 머리카락을 사시겠어요?" 델라가 물었다.

"내가 사지요."라고 마담이 말했다. "모자를 벗어 머리 모양을 보여주시겠어요."

Down rippled the brown cascade[1].

"Twenty dollars," said Madame, lifting the mass with a practiced hand.

"Give it to me quick," said Della.

Oh, and the next two hours tripped by on rosy wings. Forget the hashed metaphor.[2] She was ransacking the stores for Jim's present.

She found it at last. It surely had been made for Jim and no one else. There was no other like it in any of the stores, and she had turned all of them inside out. It was a platinum fob chain simple and chaste in design, properly proclaiming its value by substance alone and not by meretricious ornamentation as all good things should do. It was even worthy of The Watch. As soon as she saw it she knew that it must be Jim's. It was like him. Quietness and value-the description[3] applied to both.

---

1 작은 폭포, 폭포처럼 흐르다

2 비유, 은유

3 서술, 기술, 묘사

갈색 폭포가 물결을 일으키며 아래로 쏟아져 내렸다.

"20달러" 마담이 능숙한 손길로 머리채를 들어 올리며 말했다.

"빨리 주세요." 델라가 말했다.

아, 비유하자면 장밋빛 날개를 달고 여행하듯 2시간은 빨리 지나가 버렸다. 그녀는 짐의 선물을 찾기 위해 상점들을 뒤지고 다녔다.

그녀는 마침내 그것을 찾아냈다. 그것은 분명 다른 사람이 아닌 짐을 위해 만들어진 물건이었다. 가게마다 그것을 찾기 위해 샅샅이 다 찾아보았지만 다른 어떤 가게에도 그런 물건은 찾을 수 없었다. 그것은 백금으로 만든 시계 줄이었는데 디자인이 단순하면서도 깔끔하고 품위가 있어 보였다. 좋은 물건이 그렇듯 부속 장식을 동원하지 않아도 자체만으로 가치를 제대로 보여 주었다. 보자마자 틀림없이 짐의 것이라는 것을 알았다. 정숙성과 가치, 이 표현이야 말로 짐과 그 선물에 어울리는 말이었다.

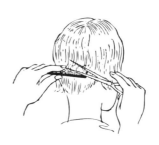

Twenty-one dollars they took from her for it, and she hurried home with the 87 cents. With that chain on his watch Jim might be properly anxious[1] about the time in any company. Grand as the watch was, he sometimes looked at it on the sly on account of the old leather strap that he used in place of a chain.

When Della reached home her intoxication gave way a little to prudence and reason. She got out her curling irons and lighted the gas and went to work repairing the ravages made by generosity added to love.

Which is always a tremendous task, dear friends-a mammoth task.

Within forty minutes her head was covered with tiny, close-lying curls that made her look wonderfully like a truant schoolboy. She looked at her reflection in the mirror long, carefully, and critically.[2]

---

1 걱정스러운, 불안한
2 비평, 비판적으로, 혹평

그녀는 21달러를 지불하고 87센트를 가지고 서둘러 집으로 돌아왔다. 이제 시계에 이 시곗줄을 달면 짐은 누구와 있어도 앞에서 당당하게 시계를 꺼내 볼 수 있을 것이다. 시계는 좋았지만 시곗줄 대신 사용한 낡은 가죽 끈 때문에 그는 종종 몰래 시계를 꺼내 보곤 했다.

델라는 집에 돌아오자 흥분이 사드라 들며 신중함과 이성을 되찾았다. 그녀는 고대기를 꺼내서 가스에 불을 붙이고 사랑에 대한 아낌없는 마음 때문에 발생한 엉망이 된 머리를 손질하기 시작했다.

이런 일은 언제나 엄청난 고역이었다. 친애하는 여러분 그것은 언제나 엄청난 작업입니다.

40분도 안 돼 그녀의 머리는 작고 촘촘한 곱슬머리로 뒤덮여 마치 학교를 무단결석한 학생의 모습처럼 되어버렸다. 그녀는 거울에 비친 자기 모습을 오랫동안, 주의 깊게 그리고 비판적으로 바라보았다.

"If Jim doesn't kill me," she said to herself, "before he takes a second look at me, he'll say I look like a Coney Island chorus girl. But what could I do-oh? what could I do with a dollar and eighty-seven cents?"

At 7 o'clock the coffee was made and the frying -pan was on the back of the stove hot and ready to cook the chops.

Jim was never late. Della doubled the fob chain in her hand and sat on the corner of the table near the door that he always entered. Then she heard his step on the stair away down on the first flight, and she turned white for just a moment. She had a habit of saying a little silent prayer about the simplest everyday things, and now she whispered: "Please God, make him think I am still pretty."

The door opened and Jim stepped in and closed it. He looked thin and very serious. Poor fellow, he was only twenty-two-and to be burdened with a family! He needed a new overcoat and he was without gloves.

"짐이 나를 보고 참지 못한다면" 그녀 스스로에게 말했다. "다시 나를 보기 전에, 그는 내가 코니아일랜드 합창단 소녀 같다고 말하겠지, 하지만 내가 어떻게 할 수 있겠어? 아! 내가 1달러 87센트로 무엇을 할 수 있겠어?"

7시가 되자 그녀는 이미 커피를 만들고 프라이팬은 난로 위에 뜨겁게 달궈져 있어 고기를 요리할 준비가 되어 있었다.

짐은 결코 늦지 않았다. 델라는 그녀의 손에 시곗줄을 반으로 접어 쥐고 항상 그가 들어오는 문 근처 탁자 모서리에 걸터앉았다. 그리고 나서 아래층 계단 밟는 소리가 들려오자 그녀의 얼굴은 잠시 동안 하얗게 질렸다. 그녀는 사소한 일들에 대해 약간의 침묵 기도를 하는 습관이 있었는데, 지금 그녀는 속삭였다. "제발 하느님, 그가 여전히 제가 예쁘다고 생각하게 해주세요."

문이 열렸고 짐이 들어와서 문을 닫았다. 그는 여위었고 몹시 심각한 표정이었다. 불쌍한 친구, 그는 겨우 스물두 살이었다. 그런데 가족을 부양해야 하다니! 그는 새 외투도 필요했고 장갑은 끼지 않고 있었다.

Jim stopped inside the door, as immovable[1] as a setter at the scent of quail. His eyes were fixed upon Della, and there was an expression in them that she could not read, and it terrified her. It was not anger, surprise, disapproval, horror, or any of the sentiments that she had been prepared for. He simply stared at her fixedly with that peculiar expression[2] on his face.

Della wriggled off the table and went for him.

"Jim, darling," she cried, "don't look at me that way. I had my hair cut off and sold because I couldn't have lived through Christmas without giving you a present. It'll grow out again-you won't mind, will you? I just had to do it. My hair grows awfully fast. Say 'Merry Christmas!' Jim, let's be happy. You don't know what a nice-what a beautiful, nice gift I've got for you."

"You've cut off your hair?" asked Jim, laboriously, as if he had not arrived at that patent fact yet even after the hardest mental labor.

---

1 고정된, 움직이지 않는
2 표현, 표출, 표정

짐은 메추라기 냄새를 맡은 사냥개처럼 꼼짝도 하지 않고 문 안에서 멈춰 섰다. 그의 눈은 델라를 향해 고정되어 있었고, 그 눈에는 그녀가 알 수 없는 표정을 담고 있어 그녀를 겁먹게 했다. 그것은 분노도, 놀라움도, 비난도, 두려움도 아닌 그녀가 예상했던 어떤 감정도 아니었다. 그는 그저 그런 이상한 표정을 지으며 그녀를 뚫어지게 바라보았다.

델라는 식탁에서 꿈틀거리며 그를 향해 갔다.

"짐, 자기야." 그녀가 외쳤다. "나를 그렇게 보지 마. 나는 당신에게 선물을 주지 않고서는 크리스마스를 보낼 수 없어서 머리카락을 잘라서 팔았어. 다시 자랄 거야. 괜찮지? 난 그렇게 해야만 했어. 내 머리카락은 굉장히 빨리 자랄 거야. '메리 크리스마스'라고 말해줘. 짐, 그리고 우리 즐겁게 지내자. 얼마나 아름답고 멋진 선물을 준비 했는지 모를 거야."

"당신, 머리카락을 잘랐어?" 짐이 물었다, 그는 아무리 고심해도 명백한 사실에 도달하지 못한 사람처럼 보였다.

"Cut it off and sold it," said Della. "Don't you like me just as well, anyhow? I'm me without my hair, ain't I?"

Jim looked about the room curiously.

"You say your hair is gone?" he said, with an air almost of idiocy.

"You needn't look for it," said Della. "It's sold, I tell you sold and gone, too. It's Christmas Eve, the boy. Be good to me, for it went for you. Maybe the hairs of my head were numbered," she went on with sudden serious sweetness, "but nobody could ever count my love for you. Shall I put the chops on, Jim?"

Out of his trance, Jim seemed quickly to wake. He enfolded his Della.

For ten seconds let us regard with discreet scrutiny some inconsequential object in the other direction. Eight dollars a week or a million a year-what is the difference? A mathematician or a wit would give you the wrong answer. The magi brought valuable gifts, but that was not among them. This dark assertion will be illuminated later on.

"잘라서 팔았어." 델라가 말했다. "어쨌든, 전처럼 날 좋아할 거지? 머리카락이 없어도 나는 나잖아?"

짐은 신기한 듯이 방안을 둘러보았다.

"당신 말은 이제 머리카락은 없어졌다는 거야?" 그는 거의 바보 같은 태도로 말했다.

"찾아볼 필요 없어." 델라가 말했다. "내가 말했잖아, 팔았어. 팔아서 없어져 버렸다고. 오늘은 크리스마스이브야. 나에게 잘해줘. 너를 위한 것이었어. 아마 내 머리카락 수를 셀 수 있을지도 몰라." 그녀는 갑자기 진지하고 상냥한 어조로 말을 이어갔다. "하지만 아무도 당신을 향한 나의 사랑을 셀 수 없을 거야. 짐, 고기를 얹어 줄까?"

짐은 넋이 나가 있다가 금방 깨어나는 것 같았다. 그는 델라를 꼭 껴안았다.

여기서 10초 동안만 다른 방향에서 중요한 것 같지 않은 문제를 들여다보기로 하자. 일주일에 8달러나 1년에 100만 달러는 어떠한 차이가 있을까? 수학자나 현자도 틀린 답을 할지도 모른다. 동방박사들도 귀중한 선물을 가지고 왔지만 그 선물 중옳은 답은 없었다. 이 불투명한 주장은 나중에 밝혀지게 될 것이다.

Jim drew a package from his overcoat pocket and threw it on the table.

"Don't make any mistake, Dell," he said, "about me. I don't think there's anything in the way of a haircut or a shave or a shampoo that could make me like my girl any less. But if you'll unwrap that package you may see why you had me going a while at first."

White fingers and nimble[1] tore at the string and paper. And then an ecstatic[2] scream of joy; and then, alas! a quick feminine change to hysterical tears and wails, necessitating the immediate employment of all the comforting powers of the lord of the flat.

For there lay The Combs-the set of combs, side and back, that Della had worshipped long in a Broadway window.

---

1 빠른, 날렵한
2 황홀해 하는, 열광하는

짐은 외투 주머니에서 꾸러미를 꺼내 식탁위에 올려놓았다.

"절대로 날 오해 하지마 델." 그가 말했다. "당신이 머리를 자르거나 밀어 버리거나 머리를 감건 당신에 대한 사랑하는 마음은 조금도 변함이 없어. 하지만 그 꾸러미를 열어보면 어째서 내가 넋이 나갔었는지 그 까닭을 알게 될 거야."

하얀 손가락이 꾸러미의 끈과 종이를 날렵한 솜씨로 잡아 뜯었다. 그러고 나서 황홀한 기쁨의 탄성이 터져 나오고 그리고 아~! 하는 탄성은 급변하는 발작적인 눈물과 통곡으로 바뀌고, 이 집 주인은 그녀를 혼신의 힘으로 어르고 위로해줘야 했다.

거기에는 빗들이 들어 있었던 것이다. — 그것은 델라가 브로드웨이 어느 상점의 진열장을 바라보며 갖고 싶었던 옆머리와 뒷머리 장식용 머리빗 세트였다.

Beautiful combs, pure tortoise shell, with jeweled rims-just the shade to wear in the beautiful vanished hair. They were expensive combs, she knew, and her heart had simply craved and yearned over them without the least hope of possession. And now, they were hers, but the tresses that should have adorned[1] the coveted adornments were gone.

But she hugged them to her bosom, and at length, she was able to look up with dim eyes and a smile and say: "My hair grows so fast, Jim!"

And then Della leaped up like a little singed cat and cried, "Oh, oh!"

Jim had not yet seen his beautiful present. She held it out to him eagerly upon her open palm. The dull precious metal seemed to flash with a reflection of her bright and ardent spirit.

---

1 꾸미다, 장식하다

진짜 거북이 등껍질로 만들어 가장자리에 보석을 박아 넣어 만든 아름다운 빗이지만 – 그것은 지금 사라져버린 그녀의 아름다운 머리카락에 딱 어울릴 물것이었다. 그러나 그녀는 그 빗이 너무 비싼지 알았기에 실제로 소유한다는 것은 생각 못하고 마음으로만 갈망했었다. 그런데 지금 그녀의 것이 되었지만 탐스럽게 장식해야 할 머리카락은 사라져있었다.

그러나 그녀는 그것을 가슴에 껴안고, 눈물로 흐릿해진 눈으로 미소 지으며 말했다. "내 머리카락은 정말 빨리 자란다, 짐."

그리고 델라는 털이 그을린 새끼고양이처럼 벌떡 일어나 "오, 오!"라고 외쳤다.

짐은 아직 그의 아름다운 선물을 보지 못했던 것입니다. 그녀는 펼친 손바닥 위에 선물을 올려놓고 그에게 내밀었다. 무광의 값비싼 금속은 그녀의 열정적인 심정을 대변하듯 반짝이는 것 같았습니다.

"Isn't it a dandy, Jim? I hunted all over town to find it. You'll have to look at the time a hundred times a day now. Give me your watch. I want to see how it looks on it."

Instead[1] of obeying, Jim tumbled down on the couch and put his hands under the back of his head, and smiled.

"Della," said he, "let's put our Christmas presents away and keep 'em[2] a while. They're too nice to use just at present. I sold the watch to get the money to buy your combs. And now suppose[3] you put the chops on."

---

1 · 그 대신에

2 · them

3 · (이미 알고 있는 지식에 의거) 생각하다, 추정하다

"짐, 멋지지 않아? 나는 이것을 찾기 위해 온 시내를 다녔어, 당신은 이제 하루에 백 번씩 시계를 꺼내 봐야 할 거야. 자, 이제 시계를 이리 줘봐. 얼마나 잘 어울리는지 보고 싶어."

짐은 그녀의 말대로 하지 않고 대신 소파위에 털썩 주저앉아 양손을 머리 뒤로 하고 미소를 지었다.

"델라."그가 말했다. "우리 크리스마스 선물은 잠시 보관해 두자. 지금 당장 사용하기에는 너무 훌륭해. 나는 너에게 빗을 사줄 돈이 없어서 시계를 팔아 버렸어. 자. 이제 고기를 더 올리면 어떨까."

The magi, as you know, were wise men-wonderfully wise men-who brought gifts to the Babe in the manger. They invented the art of giving Christmas presents. Being wise, their gifts were no doubt wise ones, possibly bearing the privilege[1] of exchange in case of duplication.[2]

And here I have lamely related to you the uneventful chronicle of two foolish children in a flat who most unwisely sacrificed for each other the greatest treasures of their house. But in a last word to the wise of these days let it be said that of all who give gifts these two were the wisest. Of all who give and receive gifts, such as they are wisest. Everywhere they are wisest. They are the magi.

---

1 특권, 특혜
2 이중, 중복

동방 방사는 여러분도 알다시피 현명한 사람들이었다. –놀랍도록 현명한 사람들이었다.–말구유의 아기 예수께 선물을 가져왔다. 그들은 크리스마스에 선물을 주는 풍습을 만들었다. 현명한 사람들 이었기에 그들의 선물은 의심할 여지없이 현명한 것들이었고 아마도 중복된 경우에는 교환 할 수 있는 혜택도 있었을 것이다.

그리고 나는 이곳에서 자신의 가장 소중한 보물을 서로를 위해 희생했던 한 아파트에 사는 두 어리석은 부부의 평범한 이야기를 서툴게나마 이야기했다. 하지만 오늘날 지혜로운 사람들에게 마지막으로 한 마디 하자면, 선물을 주고받는 모든 사람들 중에서, 이 두 사람이 가장 지혜롭다. 그 어디에서라도 이들이야말로 가장 현명한 동방박사들이기 때문이다.

The Cop and The Anthem

by O. Henry

On his bench in Madison Square Soapy moved uneasily.[1] When wild geese honk high of nights, and when women without sealskin coats grow kind to their husbands, and when Soapy moves uneasily on his bench in the park, you may know that winter is near at hand.

A dead leaf fell on Soapy's lap. That was Jack Frost's card. Jack is kind to the regular denizens of Madison Square and gives fair warning of his annual call. At the corners of four streets he hands his pasteboard to the North Wind, footman of the mansion of All Outdoors, so that the inhabitants[2] thereof may make ready.

Soapy's mind became cognisant[3] of the fact that the time had come for him to resolve himself into a singular Committee of Ways and Means to provide against the coming rigour. And therefore he moved uneasily on his bench.

---

1 불안하게, 걱정스레
2 (특정지역의) 주민
3 인식하고 있는

소피는 늘 가던 매디슨 광장에 있는 벤치에서 불안한 듯 움직였다. 기러기가 밤하늘을 날며 울어대고 물개가죽 코드가 없는 여성들이 남편에게 상냥해지거나, 그가 공원 그의 벤치에서 몸을 불안하게 움직일 때, 여러분은 겨울이 가까이 왔다는 것을 알 수 있다.

낙엽 하나가 소피의 무릎에 떨어졌다. 그것을 잭 프로스트(겨울을 알리는 동장군)의 명함이었다. 잭 프로스트는 매디슨 광장 주민들에게 친절하게 자신의 연례 방문을 미리 경고해 준다. 사거리 모퉁이에 서서 저택의 문지기인 북풍에게 명함을 건네주며 그곳 주민들이 준비를 할 수 있도록 한다.

소피도 다가올 혹한에 대비하기 위해 자신의 생계를 위한 재정 위원회를 열어 결단할 때가 왔다는 사실을 인식하게 되었다. 그래서 그는 벤치에서 불안하게 움직였던 것이다.

The hibernation[1] ambitions of Soapy were not of the highest. In them there were no considerations of Mediterranean cruises, of soporific Southern skies drifting in the Vesuvian Bay. Three months on the Island was what his soul craved. Three months of assured board and bed and congenial company, safe from Boreas and blue coats, seemed to Soapy the essence of things desirable.[2]

For years the hospitable Blackwell's had been his winter quarters. Just as his more fortunate fellow New Yorkers had bought their tickets to Palm Beach and the Riviera each winter, so Soapy had made his humble arrangements for his annual hegira to the Island. And now the time was came. On the previous night three Sabbath newspapers, distributed beneath his coat, about his ankles and over his lap, had failed to repulse the cold as he slept on his bench near the spurting fountain in the ancient square. So the Island loomed big and timely in Soapy's mind.

---

1 동면
2 바람직한, 호감 가는, 가치 있는

소피의 동면에 대한 포부는 대단하지 않았다. 유람선을 타고 지중해를 다닌다거나 배수비오 만 위에서 떠다니며 남쪽 하늘 아래서 나른함을 보내는 것은 아니었다. 그의 바람은 섬에서 석 달 보내는 것이 고작이었다. 석 달 동안 북풍과 푸른 제복의 경찰들에게서 벗어나 음식과 잠자리가 보장되고 마음이 맞는 동료와 함께 보낼 수 있다면 소피에게는 더 이상 바랄 것이 없었다.

여러 해 동안 환대 받았던 그의 겨울철 숙소는 불랙웰스 이었다. 그보다 더 운이 좋은 뉴욕토박이 동료들은 해마다 겨울이면 팜비치나 리비에라로 가는 표를 샀던 것처럼, 소피도 매년 섬으로 헤지라(교도소로 도피)를 떠나기 위해 자신만의 조촐한 준비를 하곤 했다. 그리고 이제 그 시기가 온 것이다. 전날 밤 오래된 광장 분수 옆 벤치에서 안식일 신문 석장으로 코트 아래와 발목 주변, 무릎 위를 덮고 잤지만 추위를 물리치지 못했다. 그래서 그 섬이 소피의 마음속에 시의적절하게 떠올랐던 것이다.

He scorned the provisions made in the name of charity for the city's dependents. In Soapy's opinion the Law was more benign than Philanthropy. There was an endless round of institutions, municipal and eleemosynary,[1] on which he might set out and receive lodging and food accordant with the simple life. But to one of Soapy's proud spirit the gifts of charity are encumbered. If not in coin you must pay in humiliation of spirit for every benefit received at the hands of philanthropy.[2] As Caesar had his Brutus, every bed of charity must have its toll of a bath, every loaf of bread its compensation of a private and personal inquisition. Wherefore it is better to be a guest of the law, which though conducted by rules, does not meddle unduly with a gentleman's private affairs.

---

1 자선적인, 자선적 구호에 의지하는

2 자선활동

그는 자선이라는 이름으로 도시 빈민들에게 제공되는 음식은 경멸했다. 소피의 생각에 법이 박애주의보다 더 친절했다. 쉽게 숙박과 식사를 제공받을 수 있는 시나 단체에서 운영하는 시설은 주위에 끝도 없이 많았다. 그러나 소피처럼 자존심이 강한 사람에게는 자선 단체의 기부는 거치적거리기만 했다. 모든 혜택에 대해 정신적 굴욕이라는 대가를 치러야만 했다. 카이사르(로마 공화정 정치가)에게 브루투스(카이사르 암살의 주모자)가 있었듯, 자선 단체가 제공하는 침대에서 하룻밤을 보내려면 반드시 목욕이라는 세금을 치러야 하고, 모든 빵 덩어리는 사적이고 개인적인 심문이라는 대가가 따라 다녔다. 그러므로 법의 손님이 되는 편이 낫다. 법률은 규칙에 의해 시행되고 신사의 사사로운 사생활을 간섭하지 않는다.

Soapy, having decided to go to the Island, at once set about accomplishing his desire. There were many easy ways of doing this. The pleasantest[1] was to dine luxuriously at some expensive restaurant; and then, after declaring insolvency,[2] be handed over quietly and without uproar to a policeman.

An accommodating magistrate[3] would do the rest.

Soapy left his bench and strolled out of the square and across the level sea of asphalt, where Broadway and Fifth Avenue flow together. Up Broadway, he turned and halted at a glittering cafe, where are gathered together nightly the choicest products of the grape, the silkworm and the protoplasm.

Soapy had confidence in himself from the lowest button of his vest upward. He was shaven, and his coat was decent and his neat black, ready-tied four-in-hand had been presented to him by a lady missionary on Thanksgiving Day.

---

1 즐거운, 기분 좋은
2 지불 불능, 채무 초과
3 (행정권을 가진)치안 판사

소피는 섬으로 가기로 결정했고, 즉시 그의 소망을 성취하기 위해 실행에 옮겼다. 이것을 하는 쉬운 방법들이 많이 있었다. 그 중 가장 즐거운 방법은 고급 음식점에 들어가 호화롭게 식사를 하는 것이었다. 그리고 돈이 없다는 것을 고백한 후 조용히 소란피우지 않고 경찰관에게 넘겨지는 것이다.

나머지 일은 관대한 치안 판사가 알아서 처리할 것이다.

소피는 벤치에서 일어나 광장을 걸어 나와 브로드웨이와 5번가가 만나는 평평한 아스팔트 바다를 거닐었다. 브로드웨이로 향해 가다가 어느 화려한 카페 앞에 멈췄다. 그곳은 밤마다 최고급 와인과 비단옷을 찾는 상류층 사람들이 모여드는 장소였다.

소피는 조끼의 맨 아래 단추부터 위까지는 자신 있었다. 말끔하게 면도했고 그의 코트는 점잖았고 추수감사절에 여자 선교사에게 선물로 받은 단정한 검은색 넥타이도 착용했다.

If he could reach a table in the restaurant unsuspected success would be his. The portion of him that would show above the table would raise no doubt in the waiter's mind. A roasted mallard duck, thought Soapy, would be about the thing with a bottle of Chablis, and then Camembert, a demitasse and a cigar. One dollar for the cigar would be enough. The total would not be so high as to call forth any supreme manifestation of revenge from the cafe management, and yet the meat would leave him filled and happy for the journey to his winter refuge.[1]

But as Soapy set foot inside the restaurant door the head waiter's eye fell upon his frayed trousers and decadent shoes. Strong and ready hands turned him about and conveyed him in silence and haste to the sidewalk and averted the ignoble fate of the menaced mallard.

---

1 피난처, 은신처, (단기적으로 지낼)보호 시설

만약 의심 받지 않고 레스토랑 안의 테이블에 앉을 수 있다면 성공은 그의 것이었다. 테이블 위로 보이는 그의 모습은 웨이터가 조금의 의심도 하지 않을 것이다. 구운 청둥오리 한 마리와 샤블리산 포도주 한 병, 카망베르 치즈와 블랙커피 한 잔, 시가까지. 시가 값은 1달러면 충분할 것이다. 전부 합친 금액은 카페 측에 복수심을 불러일으킨 만큼 높지 않을 것이다. 그럼에도 먹어두면 뱃속이 든든해 그의 겨울 피난처로 여행하는 동안 행복하게 할 것이다.

그러나 소피가 식당 문에 발을 들여 놓았을 때 웨이터의 시선은 그의 해진 바지와 형편없는 신발 위로 쏟아졌다. 강하고 능숙한 손놀림으로 그를 돌려세운 다음 조용하면서도 신속하게 그를 인도로 끌어내어 위험했던 청둥오리는 운명을 피할 수 있었다.

Soapy turned off Broadway. It seemed that his route to the coveted island was not to be an epicurean one. Some other way of entering limbo must be thought of. At a corner of Sixth Avenue electric lights and cunningly displayed wares behind plate-glass made a shop window conspicuous. Soapy took a cobblestone and dashed it through the glass. People came running around the corner, a policeman in the lead. Soapy stood still, with his hands in his pockets, and smiled at the sight of brass buttons.

"Where's the man that done that?" inquired the officer excitedly.

"Don't you figure out that I might have had something to do with it?" said Soapy, not without sarcasm, but friendly, as one greets good fortune.

The policeman's mind refused to accept Soapy even as a clue. Men who smash windows do not remain to parley with the law's minions. They take to their heels. The policeman saw a man halfway down the block running to catch a car. With drawn club he joined in the pursuit. Soapy, with disgust in his heart, loafed along, twice unsuccessful.

소피는 브로드웨이를 떠났다. 그가 바라는 섬으로 갈 수 있는 길은 음식을 즐기면서 가는 길이 아닌 것 같았다. 난처한 상황에 빠지지 않는 다른 방법을 생각해야 했다. 6번가 모퉁이에는 전등과 유리창 뒤에 절묘하게 상품을 진열한 눈에 띄는 상점이 하나 있었다. 소피는 조약돌을 들고 유리창을 향해 던졌다. 그러자 사람들이 경찰관을 앞세워 모퉁이를 돌아 달려왔다. 소피는 두 손을 주머니에 넣은 채 가만히 서서 경찰관을 보고 미소를 지었다.

"그런 짓을 한 남자는 어디 있지?"하고 경찰이 흥분하며 물었다.

"제가 이것과 관련이 있을 거라고 생각하지 않으시나요?" 소피는 비아냥거림 없이 행운을 만난 사람처럼 친근하게 말했다.

경찰은 소피의 이야기를 단서로 받아들이려 하지 않았다. 창문을 부순 사람이 법 집행자와 협상을 하려고 현장에 남아있지 않기 때문이다. 범인이라면 도망을 간다. 경찰은 반 블록쯤 떨어진 곳에서 차를 잡으려고 뛰어가는 한 남자를 보았다. 그는 곤봉을 꺼내 들고 그를 쫓아갔다. 소피는 두 번이나 실패했다는 생각에 넌더리를 느끼고 주변을 빈둥거렸다.

On the opposite side of the street was a restaurant of no great pretensions. It catered to large appetites and modest purses. Its crockery and atmosphere were thick; its soup and napery thin. Into this place Soapy took his accusive shoes and telltale trousers without challenge. At a table he sat and consumed beefsteak, flapjacks, doughnuts and pie. And then to the waiter be betrayed the fact that the minutest coin and himself were strangers.

"Now, get busy and call a cop," said Soapy. "And don't keep a gentleman waiting."

"No cop for youse," said the waiter, with a voice like butter cakes and an eye like the cherry in a Manhattan cocktail. "Hey, Con!"

Neatly upon his left ear on the callous pavement two waiters pitched Soapy. He arose, joint by joint, as a carpenter's rule opens, and beat the dust from his clothes. Arrest seemed but a rosy dream. The Island seemed very far away. A policeman who stood before a drug store two doors away laughed and walked down the street.

길 건너편에 크지 않은 음식점이 하나 있었다. 그곳은 마음껏 먹어도 가격이 적당한 곳이었다. 그릇과 분위기는 괜찮았지만 수프는 묽고 테이블보다 얇았다. 소피는 말썽 많은 신발과 누더기 바지를 입고도 아무 제지를 당하지 않고 안에 들어갈 수 있었다. 그는 자리에 앉아 비프스테이크와 팬케이크, 도넛, 그리고 파이를 먹었다. 그리고 웨이터에게 자신은 동전 한 푼 없다고 털어놓았다.

"자, 이제 경찰을 불러오시오."하고 소피가 말했다. "신사를 너무 오래 기다리게 하지 마시오."

"당신 같은 사람한테 무슨 경찰이 필요해."하고 웨이터는 버터케이크 같은 큰 목소리와 맨해튼 칵테일에 든 체리 같은 눈을 치켜뜨며 말했다. "이봐, 콘!"

종업원 두 명이 소피의 왼쪽 귀가 길바닥에 닿도록 보기 좋게 소피를 던졌다. 그는 목수가 접자를 펼치듯 뼈 마디마디를 펴고 자리에서 일어나 옷의 먼지를 털었다. 체포되는 것은 장밋빛 꿈에 불과한 것 같았다. 섬은 너무 멀리 있는 듯 보였다. 두 집 건너 약국 앞에 서있던 경찰관이 웃으며 거리를 걸어갔다.

Five blocks Soapy traveled before his courage permitted him to woo capture again. This time the opportunity presented what he fatuously termed to himself a "cinch." A young woman of a modest and pleasing guise was standing before a show window gazing with sprightly interest at its display of shaving mugs and inkstand and two yards from the window a large policeman of severe demeanour leaned against a water plug.

It was Soapy's design to assume the role of the despicable[1] and execrated "masher." The refined and elegant appearance of his victim[2] and the contiguity of the conscientious cop encouraged him to believe that he would soon feel the pleasant official clutch[3] upon his arm that would insure his winter quarters on the right little, tight little isle.

---

1 비열한, 야비한
2 피해자
3 움켜잡다 = grip

소피는 다섯 블록을 걸어가서야 다시 한 번 경찰에 체포될 수 있다는 확신이 생겼다. 이번 기회는 그가 생각하기에 적어도 "아주 쉬운" 기회가 온 것 같았다. 겸손하고 보기 좋게 옷을 차려 입은 젊은 여성이 쇼윈도 앞에 서서 면도용 머그컵과 잉크스탠드가 진열된 것을 흥미진진하게 바라보고 있었다. 진열장에서 2야드 떨어진 곳에 덩치가 크고 표정이 무서운 경찰관이 소화전에 기대고 있었다.

비열하고 불쾌한 '치한'인척 하는 것이 소피의 계획이었다. 피해자는 세련되고 우아한 외모를 하고 있었고 직무에 충실한 경찰이 가까이에 있어서 그는 곧 경찰관 손에 덥석 붙잡혀 아늑한 섬의 겨울 숙소로 떠날 수 있으리라 믿음이 생겼다.

Soapy straightened the lady missionary's ready made tie, dragged his shrinking cuffs into the open, set his hat at a killing cant and sidled toward the young woman. He made eyes at her, was taken with sudden coughs and "hems," smiled, smirked and went brazenly[1] through the impudent and contemptible litany of the "masher." With half an eye Soapy saw that the policeman was watching him fixedly. The young woman moved away a few steps, and again bestowed her absorbed attention upon the shaving mugs. Soapy followed, boldly stepping to her side, raised his hat and said:

"Ah there, Bedelia! Don't you want to come and play in my yard?"

The policeman was still looking. The persecuted young woman had but to beckon a finger and Soapy would be practically en route for his insular haven. Already he imagined he could feel the cozy warmth of the station-house. The young woman faced him and, stretching out a hand, caught Soapy's coat sleeve.

---

1 철면히같이, 뻔뻔스럽게

소피는 여성 선교사가 준 넥타이를 고쳐 매고 속으로 들어간 셔츠 소매를 밖으로 끄집어낸 다음 모자를 멋진 각도로 쓰고 젊은 여성에게 슬슬 다가갔다.

그는 그녀에게 눈짓을 하며 갑자기 '에헴'하고 헛기침을 하고 히죽히죽 웃으면서 뻔뻔스럽게 '치한' 행동을 하며 슬금슬금 다가갔다. 소피는 곁눈질로 보니 경찰이 자신을 주시하고 있는 것을 보았다. 젊은 여자는 몇 발짝 물러서더니 다시 면도용 머그잔에 정신을 집중했다. 소피는 대담하게 그녀의 옆으로 다가가 모자를 들어 보이며 말했다.

"아, 베델리아! 우리 집에 가서 놀지 않을래?"

경찰관은 여전히 지켜보고 있었다. 치근거림 상황에 처한 젊은 여자가 손가락 하나만 까딱하면 소피는 자신의 안식처인 섬으로 떠날 수 있었다. 그는 이미 섬에서의 아늑함과 따뜻함을 느끼고 있다고 상상했다. 젊은 여자는 그를 마주보더니 손을 뻗어 소피의 코트 소매를 잡았다.

"Sure, Mike," she said joyfully, "if you'll blow me to a pail of suds. I'd have spoken to you sooner, but the cop was watching."

With the young woman playing the clinging ivy to his oak Soapy walked past the policeman overcome with gloom. He seemed doomed to liberty.

At the next corner he shook off his companion and ran. He halted in the district where by night are found the lightest streets, hearts, vows and librettos. Women in furs and men in greatcoats moved gaily in the wintry air. A sudden fear seized Soapy that some dreadful enchantment had rendered him immune to arrest. The thought brought a little of panic upon it, and when he came upon another policeman lounging grandly in front of a transplendent theatre he caught at the immediate straw of "disorderly conduct."

On the sidewalk Soapy began to yell drunken gibberish at the top of his harsh voice. He danced, howled, raved and otherwise disturbed the welkin.

"그럼요, 마이크." 그녀가 기뻐하며 말했다. "당신이 나에게 맥주 한 잔 사줄 수 있다면 말이야. 진작 말을 걸고 싶었는데 경찰관이 지켜보고 있었거든."

소피는 떡갈나무에 달라붙은 담쟁이덩굴처럼 자신의 몸에 매달린 여자와 함께 의기소침한 마음으로 경찰관 앞을 지나갔다. 그는 자유로운 운명이었던 것 같다.

다음 모퉁이에서 그는 여자를 뿌리치고 달렸다. 그는 밤이 되면 가장 밝게 빛나는 거리로 변하고 연인들이 그들의 맹세와 가벼운 노랫소리가 흘러나오는 곳에서 멈춰 섰다. 모피를 입은 여자들과 멋진 코트를 입은 남자들이 겨울바람 속에서 즐겁게 움직였다. 소피는 무서운 마법이 자신을 체포할 수 없게 만들고 있다는 두려움을 느끼기 시작했다. 그런 생각은 약간의 공포를 불러 일으켰고 그래서 지푸라기라도 잡는 심정으로 화려한 극장 앞에서 다른 경찰관과 마주쳤을 때 '풍기문란 행위'에 매달리게 되었다.

인도위에서 소피는 거친 목소리로 횡설수설 허튼 소리를 지르기 시작했다. 그는 춤도 추고, 울부짖고, 호통을 치며, 온갖 방법으로 사방을 어지럽혔다.

The policeman twirled his club, turned his back to Soapy and remarked to a citizen.

"This one of them Yale lads celebrating the goose egg[1] they give to the Hartford College. Noisy; but no harm. We've instructions to leave them be."

Disconsolate, Soapy ceased his unavailing[2] racket. Would never a policeman lay hands on him? In his fancy the Island seemed an unattainable Arcadia. He buttoned his thin coat against the chilling wind.

In a cigar store he saw a well-dressed man lighting a cigar at a swinging light. His silk umbrella he had set by the door on entering. Soapy stepped inside, secured the umbrella and sauntered off with it slowly. The man at the cigar light followed hastily.

"My umbrella," he said, sternly.

"Oh, is it?" sneered Soapy, adding insult to petit larceny. "Well, why don't you call a policeman? I took it. Your umbrella! Why don't you call a cop? There stands one on the corner."

---

1 goose egg 영점, 무득점
2 소용없는, 효과없는

경찰은 곤봉을 빙글빙글 돌리며 소피에게 등을 돌리고 한 시민에게 말했다.

"예일대학 학생 중 한명인데 하트퍼드 대학에 영패를 안긴 걸 자축하는 중입니다. 시끄럽기는 하지만 피해는 끼치지 않을 겁니다. 저희는 이런 사람들을 그냥 내버려 두라는 지시를 받았어요."

낙담한 소피는 아무 쓸모도 없는 소동을 그만 두었다. 경찰은 절대 그에게 손대지 않을 생각인가? 그의 상상 속에 그 섬은 도저히 갈수 없는 이상향인 곳만 같았다. 그는 차가운 바람을 막기 위해 얇은 웃옷의 단추를 채웠다.

담배 가게에서 한 남자가 흔들리는 불로 담배에 불을 붙이는 것을 보았다. 남자가 들어가면서 문 옆에 놓아둔 실크 우산이 있었다. 소피는 안으로 들어가 우산을 집어 들고 천천히 어슬렁어슬렁 나왔다. 담배에 불을 붙이던 남자가 황급히 뒤를 따랐다.

"내 우산이오." 그가 엄하게 말했다.

"오, 그래요?" 하고 소피는 절도에 모욕감을 더하며 비웃었다. "그럼, 경찰관을 부르는 것이 어때요? 내가 훔쳤소, 당신 우산! 왜 경찰을 부르지 않는 거요? 저 모퉁이에 서 있네요."

The umbrella owner slowed his steps. Soapy did likewise, with a presentiment that luck would again run against him. The policeman looked at the two curiously.

"Of course," said the umbrella man-"that is-well, you know how these mistakes occur-I-if it's your umbrella I hope you'll excuse me-I picked it up this morning in a restaurant-If you recognize it as yours, why-I hope you'll-"

"Of course it's mine," said Soapy, viciously.[1]

The ex-umbrella man retreated. The policeman hurried to assist a tall blonde in an opera cloak across the street in front of a street car that was approaching two blocks away.

Soapy walked eastward through a street damaged by improvements. He hurled the umbrella wrathfully[2] into an excavation. He muttered against the men who wear helmets and carry clubs. Because he wanted to fall into their clutches, they seemed to regard him as a king who could do no wrong.

---

1 잔인한, 포악한, 악랄한
2 몹시 노한

우산 주인은 걸음을 늦추었다. 소피는 또다시 행운이 자기편이 아니라는 예감이 들어 같이 걸음을 늦추었다. 경찰관은 신기한 듯 두 사람을 바라보았다.

"물론 제 것이죠." 우산을 쓴 남자가 말했다. "이런 건 – 이런 실수가 어떻게 일어나는지 아시잖아요. – 나는... 당신 우산이라면 실례를 했습니다... 오늘 아침 식당에서 주웠어요. 이게 당신 우산이 틀림없다면... 나는 당신이 그렇게 하길..."

"물론, 당연히 내 거죠." 소피가 심술궂게 말했다.

우산 주인은 물러갔다. 경찰은 야외용 외투를 입은 키 큰 금발여인이 두 블록 떨어진 거리에서 전차가 다가오는 길로 건너려는 것을 도와주러 서둘러 가 버렸다.

소피는 공사로 훼손된 길을 따라 동쪽으로 걸어갔다. 그는 화가 나서 우산을 웅덩이에 던져 버렸다. 그는 안전모를 쓰고 몽둥이를 들고 다니는 경찰관에 대해 투덜거리기 시작했다. 그들은 자신이 잡히기를 원하니까 도리어 자신을 아무 잘못도 할 수 없는 왕으로 여기는 것 같았다.

At length Soapy reached one of the avenues to the east where the glitter and turmoil were but faint. He set his face down this toward Madison Square, for the homing instinct survives even when the home is a park bench. But on an unusually quiet corner Soapy came to a standstill. Here was an old church, quaint and rambling and gabled. Through one violet-stained window a soft light glowed, where, no doubt, the organist loitered over the keys, making sure of his mastery of the coming Sabbath anthem. For there drifted out to Soapy's ears sweet music that caught and held him transfixed against the convolutions of the iron fence.

The moon was above, lustrous and serene; vehicles and pedestrians were few; sparrows twittered sleepily in the eaves-for a little while the scene might have been a country churchyard. And the anthem that the organist played cemented Soapy to the iron fence, for he had known it well in the days when his life contained such things as mothers and roses and ambitions and friends and immaculate thoughts and collars.

마침내 소피는 불빛과 소란도 거의 들리지 않는 동쪽의 어느 큰길에 도달했다. 그는 그 길에서 귀소 본능이 살아나 집이 공원 벤치일지라도 메디슨 광장 쪽으로 발길을 돌렸다. 그러나 유난히 조용한 모퉁이에서 소피는 멈춰 섰다. 그곳에는 좀 이상하고 무질서하게 보이는 박공지붕의 오래된 교회가 있었다. 보라색 유리창으로 부드러운 불빛이 흘러나오고 있었고 안에서는 오르간 연주자의 손이 건반 위를 오르내리며 다가오는 안식일에 연주할 찬송가를 연습하고 있었다. 소피의 귀에 감미로운 음악이 들려오자 나선형 무늬가 달린 철책을 붙잡고 박힌 듯 서 있었다.

달은 머리위에서 고요하게 빛나고 있었다. 차량과 행인은 거의 없었다. 참새들은 처마에서 졸린 듯 지저귀었다. 잠시 동안의 장면은 시골 교회의 묘지 같았다. 오르간 연주자의 찬송가가 소피를 철제 난간에 붙어 있게 했다. 그것은 그의 삶에 어머니, 장미, 야망, 친구 그리고 순수한 생각과 옷깃이 있던 바로 그 시절에 이런 것들을 그가 잘 알고 있었기 때문이다.

The conjunction of Soapy's receptive state of mind and the influences of the old church wrought a sudden and wonderful change in his soul. He viewed with swift horror the pit into which he had tumbled, the degraded days, unworthy desires, dead hopes, wrecked faculties and base motives that made up his existence.

And also in a moment his heart responded thrillingly to this novel mood. An instantaneous and strong impulse moved him to battle with his desperate fate. He would pull himself out of the mire; he would make a man of himself again; he would conquer the evil that had taken possession of him. There was time; he was comparatively young yet; he would resurrect his old eager ambitions and pursue them without faltering. Those solemn but sweet organ notes had set up a revolution in him. Tomorrow he would go into the roaring downtown district and find work. A fur importer had once offered him a place as a driver. He would find him tomorrow and ask for the position. He would be somebody in the world. He would...

소피의 열린 정신 상태와 오래된 교회에 대한 영향력의 결합은 그의 영혼에 갑작스럽고 놀라운 변화를 일으켰다. 그는 자신이 추락한 구덩이와 타락한 나날들, 가치 없는 욕망, 죽어 사라진 희망, 파괴되어진 능력, 비열한 동기를 생각하면서 갑자기 공포를 느끼게 되었다.

그리고 잠시 후 그의 마음은 새로운 분위기에 강렬하게 반응했다. 순간적이고 강한 충동이 그를 절망적인 운명과 싸우게 했다. 이 수렁에서 빠져나가 다시 사람답게 만들고 자신을 사로잡고 있는 죄악을 정복하고 싶었다. 시간은 있었다... 그는 비교적 젊은 편이다... 그는 지난날의 오랜 열망을 되살리고 흔들림 없이 그것을 꼭 이루어 나갈 것이다. 이 엄숙하고 감미로운 오르간 소리가 그의 마음에 혁명을 일으킨 것이다. 내일 그는 떠들썩한 번화가를 찾아가 일을 찾을 것이다. 전에 모피 수입업자가 운전기사 일을 제안한 적이 있었다. 그는 내일 그를 찾아서 일자리를 부탁할 것이다. 그는 이제 세상에 쓸모 있는 사람이 될 것이다. 그는...

Soapy felt a hand laid on his arm. He looked quickly around into the broad face of a policeman.

"What are you doin'[1] here?" asked the officer.

"Nothin'[2]," said Soapy.

"Then come along," said the policeman.

"Three months on the Island," said the Magistrate in the Police Court[3] the next morning.

---

1 doing
2 nothing
3 법정, 법원

소피는 팔에 누구가의 손이 얹히는 것을 느꼈다. 얼른 주의를 돌아보니 한 경찰관의 넓적한 얼굴이 보였다.

　"여기서 뭐 하는 거야?" 경찰관이 물었다.

　"아무것도 하지 않는데요." 소피가 대답했다.

　"그럼 따라 와."라고 경찰관이 말했다.

　"섬에서 3개월의 금고형에 처함." 다음 날 아침 즉결 재판소의 판사가 선고했다.

The Stars

by Alphonse Daudet

When I used to be in charge of the animals on the Luberon, I was in the pasture for many weeks with my dog Labri and the flock without seeing another living soul. Occasionally the hermit from Mont-de-l'Ure would pass by looking for medicinal herbs, or I might see the blackened face of a chimney sweep from Piemont. But these were simple folk, silenced by the solitude,[1] having lost the taste for chit-chat, and knowing nothing of what was going on down in the villages and towns.

So, I was truly happy, when every fortnight I heard the bells on our farm's mule which brought my provisions, and I saw the bright little face of the farm boy, or the red hat of old aunty Norade appear over the hill. I asked them for news from the village, the baptisms, marriages, and so on.

But what particularly interested me, was to know what was happening to my master's daughter, Mademoiselle Stephanette, the loveliest thing for fifty kilometers around.

---

1 외톨이, 홀로

내가 뤼브롱 산에서 양을 치고 있으면 몇 주일은 사람이라고는 통 그림자도 구경 못한 채, 사냥개 검둥이와 양떼들만이 나와 함께 목장에 남아 있어야 했습니다. 이따금 몽드뢰르에서 온 은둔자가 약초를 찾아 이곳을 지나가거나, 피에몽에서 온 굴뚝 청소부처럼 검게 그을린 얼굴의 숯 굽는 사람만이 눈에 띄곤 했습니다.

그러나 그들은 홀로 외딴 곳에서 고독한 생활을 해온 터라 말수도 적고 잡담을 하는 취미도 잃어버려 산 아랫마을 사람들에게서 무슨 일이 일어났는지 전혀 알지도 못하고 관심도 없는 순박한 사람들입니다.

농장에서 2주마다 보름치의 양식을 실어다 주는 농장 노새의 방울 소리가 언덕에서 들려 올 때면 꼬마 소년이 오거나, 노라드 아주머니의 빨간 모자가 언덕 너머로 나타나는 것을 볼 때 너무나 기뻐서 어쩔 줄을 몰랐습니다. 저는 그들에게 마을의 소식과 세례식, 결혼 등을 물었습니다.

그러나 무엇보다도 관심을 갖는 것은 농장주의 따님 스테파네트 아가씨가 무슨 일을 하면서 지내고 있는지를 알아내는 것이었습니다.

아가씨는 50km 안에서 가장 예쁘고 사랑스러웠습니다.

Without wishing to seem over-curious, I managed to find out if she was going to village fetes and evening farm gatherings, and if she still turned up with a new admirer[1] every time. If someone asked me how that concerned a poor mountain shepherd, I would say that I was twenty years old and that Stephanette was the loveliest thing I had seen in my whole life.

One Sunday, however, the fortnight's supplies[2] were very late arriving. In the morning, I had thought, "It's because of High Mass." Then about midday, a big storm got up, which made me think that bad road conditions had kept the mule from setting out. Then, just after three o'clock, as the sky cleared and the wet mountain glistened in the sunshine, I could hear the mule's bells above the sound of the dripping leaves and the raging streams. To me they were as welcome, happy, and lively as a peal of bells on Easter Day.

---

1 찬미하는 사람, 팬
2 supply 공급, 보급품

저는 지나친 관심을 가지는 기색을 보이지 않고, 아가씨가 자주 잔치에 참석하는지, 저녁 나들이도 하는지 또는 지금도 새로 나타난 멋쟁이들이 아가씨의 환심을 사러 오는지, 이런 따위를 넌지시 알아보는 것이었습니다.

누군가 내게 하찮고 보잘것없는 양치기 목동이 그런걸 알아서 무엇 하느냐고 묻는다면, 나는 스무 살이었고 스테파네트 아가씨는 내가 평생 본 사람 중에서 가장 아름다운 사람이었다고 말했을 것입니다.

그러던 어느 일요일이었습니다. 보름치의 식량이 오기를 기다리고 있는데, 식량은 그날따라 아주 늦게 도착하였었습니다. 아침에는 이렇게 생각했었습니다. '큰 미사를 보고 오기 때문일 테지' 그러나 느닷없이 점심때쯤 되어 소나기가 퍼부었습니다. 그래서 이번에는 길이 나빠서 노새를 몰고 떠날 수가 없었으리라 생각하며 초조한 마음을 달랬습니다. 드디어 세 시쯤 말끔히 씻긴 하늘 밑에 온 산이 비에 젖어 햇빛을 받아 눈부시게 빤짝일 때였습니다. 나뭇잎에 물방울이 떨어지는 소리와 개천에 물이 불어 콸콸 넘쳐흐르는 소리가 뒤섞이며 방울소리가 들리기 시작했습니다. 그것은 흡사 부활절 여러 종루에서 일제히 울려오는 종소리아도 같이 즐겁고 성쾌한 소리였습니다.

But there was no little farm boy or old aunty Norade at the head. It was ⋯ you'll never guess ⋯ my heart's very own desire, friends! Stephanette in person, sitting comfortably between the wicker baskets, her lovely face flushed by the mountain air and the bracing storm.

Apparently, the young lad was ill and aunty Norade was on holiday at her children's place. Stephanette told me all this as she got off the mule, and explained that she was late because she had lost her way. But to see her there in her Sunday best, with her ribbon of flowers, her silk skirt, and lace bodice; it looked more like she had just come from a dance, rather than trying to find her way through the bushes. Oh, the little darling! My eyes never tired of looking at her. I had never seen her so close before. Sometimes in winter, after the flocks had returned to the plain, and I was in the farm for supper in the evening, she would come into the dining room, always overdressed and rather proud, and rush across the room, virtually ignoring us⋯.

그러다 나타난 것은 꼬마도, 노라드 아주머니도 아니었습니다. 그건... 짐작도 못하실 거예요... 여러분! 제 마음속에 갈망하던 아가씨였습니다. 스테파네트 아가씨가 노새 등에 실린 버들고리 안장에 의젓하고 편안하게 앉아 있었습니다. 폭풍우와 차가운 산 공기에 얼굴이 붉게 상기되어 있었습니다.

듣자하니, 소년은 병이 났고 노라드 아주머니는 휴가를 얻어 그녀의 아이들 집에서 휴가를 보내고 있었습니다. 스테파네트는 노새에서 내리면서 이 모든 소식과 도중에 길을 잃었기 때문에 늦었다는 사연을 알려주었습니다.

그러나 아가씨 머리에 꽂힌 꽃 리본과 눈부신 스커트, 곱고 빛나는 레이스로 단장한 화려한 옷차림을 보면 덤불 속에서 길을 찾으려고 하기 보다는 어느 무도회에 들러서 늦어진 것처럼 보일 지경이었습니다.

오, 귀여운 모습! 아무리 바라보아도 내 눈은 지칠 줄을 몰랐습니다. 지금까지 이렇게 가까이 아가씨를 바라본 적이 없었습니다. 겨울이 되어 양떼를 몰고 벌판으로 내려가 저녁을 먹으로 농장으로 들어가면 그녀는 항상 아름답고 화려한 옷차림으로 우리와 눈을 마주치지 않고 식당을 휙 가로질러서 지나기는 때가 많았습니다.

But now, there she was, right in front of me, all to myself. Now wasn't that something to lose your head over?

Once she had taken the provisions out of the pannier, Stephanette began to take an interest in everything. Hitching up her lovely Sunday skirt, which otherwise might have got marked, she went into the compound, to look at the place where I slept. The straw crib with its lambskin cover, my long cape hanging on the wall, my shepherd's crook, and my catapult; all these things fascinated her.

"So, this is where you live, my little shepherd? How tedious it must be to be alone all the time. What do you do with yourself? What do you think about it?"

I wanted to say, 'About you, my lady,' and I wouldn't have been lying, but I was so greatly nonplussed that I couldn't find a single word by way of a reply. Obviously, she picked this up, and certainly, she would now take some gentle malicious pleasure in turning the screw:

그런데 지금 그 아가씨가 바로 내 눈앞에 와 있는 것입니다. 오로지 나만을 위해서 말입니다. 그러니, 이만하면 정신을 잃을 법도 하지 않습니까?

바구니에서 식량을 꺼내놓고 스테파네트는 신기한 듯 주위를 둘러보기 시작했습니다. 아가씨는 아름다운 나들이옷을 더럽힐까 스커트 자락을 살짝 걷어 올리더니 내가 쉬고 잠드는 곳을 보려 움막으로 들어가 새끼 양의 털가죽 덮개가 놓인 짚으로 만든 침대, 벽에 걸린 망토, 목양자의 지팡이, 그리고 새총 등 모든 것이 그녀를 매혹시켰습니다.

"여기가 당신이 사는 곳인가요, 항상 혼자 있으면 얼마나 지루할까요. 무얼 하며 시간을 보내죠? 무슨 생각을 하며?"

'아가씨, 당신을 생각하며' 이렇게 대답하고 싶었습니다. 거짓말은 아니었지만 너무나 당황스러워 대답할 한마디를 찾을 수 없었습니다. 분명히 그녀는 나의 기분을 눈치챈 듯했습니다. 움찔거리며 몸을 비트는 내 모습을 보며 즐거워하는 것 같았습니다.

"What about your girlfriend, shepherd, doesn't she come up to see you sometimes? Of course, it would have to be the fairy Esterelle, who only runs at the top of the mountain, or the fabled, golden she-goat…."

As she talked on, she seemed to me like the real fairy Esterelle. She threw her head back with a cheeky laugh and hurried away, which made her visit seem like a dream.

"Goodbye, shepherd."

"Bye, Bye, lady."

And there she was-gone-taking the empty baskets with her.

As she disappeared[1] along the steep path, stones disturbed by the mule's hooves, seemed to take my heart with them as they rolled away. I could hear them for a very long time. For the rest of the day, I stood there daydreaming, hardly daring to move, fearing to break the spell.

---

1 (눈앞에서)사라지다, 보이지 않게 되다

"여자 친구가 가끔 만나러 올라오지 않나요? 여자 친구가 여기를 찾아 올 때면 황금빛 양이나 저 산봉우리 위로 날아다니는 에스테렐 요정을 눈앞에서 보듯 하겠네요."

그녀는 이야기하며 고개를 뒤로 젖히고 웃는 모습이 귀여워 나에게 진짜 살아 있는 요정처럼 보였습니다. 황급히 서둘러 가 버려서 그녀의 방문이 꿈만 같았습니다.

"잘 있어요, 목동님"

"조심해 가셔요, 아가씨."

마침내 아가씨는 빈 바구니를 싣고 떠나는 것이었습니다.

그녀가 비탈진 길을 따라 사라지자, 노새의 발굽에 방해받은 돌들이 밟히며 굴러갈 때마다 내 마음도 같이 떨어져 가는 것만 같았습니다. 저는 노새의 발굽 소리를 아주 오랫동안 들을 수 있었습니다. 해가 질 무렵까지 마법의 주문에서 깨어날까 감히 움직일 엄두를 하지 못한 채 멍하니 서있었습니다.

Towards the evening, as the base of the valleys became a deeper blue, and the bleating animals flocked together for their return to the compound, I heard someone calling to me on the way down, and there she was; mademoiselle herself. But she wasn't laughing any more; she was trembling, and wet, and fearful, and cold.

She would have me believe that at the bottom of the hill, she had found the River Sorgue was swollen by the rain storm and, wanting to cross at all costs, had risked getting drowned.

The worse thing, was that at that time of night, there was no chance of her getting back to the farm. She would never be able to find the way to the crossing place alone, and I couldn't leave the flock. The thought of staying the night on the mountain troubled her a great deal, particularly as her family would worry about her. I reassured her as best I could:

"The nights are short in July, my Lady. It's only going to seem like a passing, unpleasant moment."

저녁 무렵, 짙푸른 어둠이 계곡 골짜기에 스며들고 동물들이 울타리 안으로 울며 들어오기 위해 모여들었을 때, 가파른 길에서 저를 부르는 소리를 들었고 그 아래 그녀가 있었습니다. 그녀의 웃던 모습은 어디에도 찾아 볼 수 없었습니다. 온몸이 젖어 무서운 공포에 눌린 표정을 지으며 추위에 떨고 있었습니다.

그녀는 언덕 밑에서 폭풍우와 비바람에 불어난 소르고 강을 발견하고 무슨 수를 써서라도 건너고 싶을 마음에 위험을 무릅쓰고 건너려 하다가 물에 빠져 죽을 뻔한 모양이었습니다.

더 난처한 것은 그 시간에는 그녀가 농장으로 돌아갈 가망이 없다는 것이었습니다. 다른 지름길이 있긴 했지만 그녀 혼자서 찾지 못할 것이고, 나는 양떼를 내버려 두고 떠날 수 없었습니다. 산에서 밤을 지새워야 한다는 생각은 그녀를 매우 괴롭혔고, 특히 그녀의 가족들이 그녀를 걱정하기 때문에 더 괴로워했습니다. 저는 최선을 다해 그녀를 안심시켰습니다.

"7월이라 밤이 아주 짧습니다. 아가씨, 잠깐만 참으시면 순식간에 지나갈 것입니다."

I quickly lit a good fire to dry her feet and her dress soaked by the river. I then placed some milk and cheese in front of her, but the poor little thing couldn't turn her thoughts to either warming herself or eating. Seeing the huge tears welling up in her eyes, made me want to cry myself.

Meanwhile night had almost fallen. There was just the faintest trace of the sunset left on the mountains' crests. I wanted mademoiselle to go on into the compound to rest and recover. I covered the fresh straw with beautiful brand-new skin, and I bid her good night. I was going to sit outside the door. As God is my witness, I never had an unclean thought, despite my burning desire for her. I had nothing but a great feeling of pride in considering that, there, in a corner of the compound, close up to the flock watching curiously over her sleeping form, my masters' daughter rested,-just like a sheep, though one whiter and much more precious than all the others,-trusting me to guard her. To me, never had the sky seemed darker, nor the stars brighter⋯.

나는 황급히 불을 피워 시냇물에 젖은 발과 드레스를 말렸습니다. 그리고 우유와 치즈를 그녀 앞에 놓아두었지만 가엾은 그녀는 불을 쬐려 몸을 돌리지도 않았고 음식도 어느 것 하나 먹어 보려 하지 않았습니다. 그녀의 큰 두 눈망울에 눈물이 글썽이며 고이는 것을 보고 저 자신도 울고 싶어졌습니다.

그러는 동안 밤이 다되어 가고 있었습니다. 산꼭대기에 석양의 흔적이 아주 희미하게 남아 있을 뿐이었습니다. 저는 아가씨가 휴식을 취하고 회복하기 위해 움막안에 들어가 쉬기를 바랐습니다. 저는 깨끗한 지푸라기로 짚단을 만들고 한 번도 사용하지 않은 양털 가죽을 깔아 놓고 편안하게 주무시라고 인사하고나서 문밖으로 나와 앉았습니다.

하나님은 나의 증인이시니 맹세컨대, 나는 그녀에 대한 불타는 욕망에도 불구하고 부정한 생각을 한 적이 없습니다. 비록 누추하지만 움막의 한구석에서 양떼가 그녀의 잠자는 모습을 신기하게 지켜보고 있고 마치 양을 내가 지키는 것과 같이 농장 주인 따님이 저를 믿고 마음 편하게 양처럼 쉬고 있다는 것에 대해 저는 큰 자부심 외에는 아무 것도 느끼지 않았습니다. 그녀를 지켜줄 저를 믿으십시오. 제게는 하늘이 이보다 더 어둡게 보인적도 별들이 찬란하게 밝아 보였던 적도 없었습니다.

Suddenly, the wicker fence opened and the beautiful Stephanette appeared. She couldn't sleep; the animals were scrunching the hay as they moved, or bleating in their dreams. For now, she just wanted to come close to the fire. I threw my goat skin over her shoulders, tickled the fire, and we sat there together not saying anything.

If you know what it's like to sleep under the stars at night, you'll know that, when we are normally asleep, a mysterious world awakens in solitude and silence. It's the time the springs babble[1] more clearly, and the ponds light up their will o' the wisps.

All mountain spirits roam freely about, and there are rustlings[2] in the air, imperceptible sounds, that might be branches thickening or grass growing. Day-time is for everyday living things; night-time is for strange, unknown things. If you're not used to it, it can terrify you….

---

1 와글와글, (물이) 소리내며 흐르다
2 rustle 바스락거리다, 가축을 훔치다

갑자기 울타리가 열리고 아름다운 스테파네트 아가씨가 나타났습니다. 그녀는 잠을 이룰 수가 없었습니다. 양들이 움직이면서 건초를 긁어 소리 내거나 꿈속에서 울부짖고 있었습니다. 그녀는 지금으로서는 불 가까이 다가가고 싶었을 뿐이었습니다. 저는 염소 모피를 벗어 아가씨 어깨 위에 덮어주고 모닥불을 활활 피워 놓았습니다. 그리고 우리 둘은 아무 말 없이 나란히 앉아 있었습니다.

만약 여러분이 모든 이가 잠든 밤중에 별빛 아래서 밤을 지새워 본 사람이면 침묵과 고독 속에 신비로운 세계가 깨어나는 것을 알게 될 것입니다. 샘물은 더 맑은 소리로 옹알거리고, 연못에는 자그마한 불꽃들이 반짝거립니다.

모든 산의 요정들이 거침없이 이곳저곳을 뛰어다니고 공중에서 나뭇가지나 풀잎이 자라는 바스락거리는 소리가 들릴 듯 말듯 소리조차 생생하게 들려옵니다. 낮 시간에는 일상 생물들의 세계이지만, 어둠이 내린 밤 시간은 우리가 알지 못하는 생물들의 세상입니다. 익숙하지 않으면 무서울 수 있습니다.

So it was with mademoiselle, who was all of a shiver, and clung to me very tightly at the slightest noise. Once, a long gloomy[1] cry, from the darkest of the ponds, rose and fell in intensity as it came toward us. At the same time, a shooting star flashed above our heads going in the same direction,[2] as if the moan we had just heard was carrying a light.

"What's that?"

Stephanette asked me in a whisper.

"A soul entering heaven, my Lady;" and I crossed myself.

She did the same, but stayed looking at the heavens in rapt awe. Then she said to me:

"Is it true then, that you shepherds are magicians?"

"No, no, mademoiselle, but here we live closer to the stars, and we know more about what happens up there than people who live in the plains."

---

1 우울한, 침울한
2 (위치, 이동의) 방향

그래서 아가씨는 아주 작은 부스럭 소리에도 온몸을 떨며 저의 옆에 단단히 달라붙었습니다. 한번은 가장 어두운 연못에서 길고 우울한 울음소리가 우리를 향해 격렬하게 다가오는 것처럼 오르내렸습니다. 동시에 같은 방향에서 우리 머리 위로 별똥별이 번쩍이었습니다. 마치 우리가 방금 들은 소리들을 빛이 운반하는 것처럼.

"저게 무얼까?"

스테파노가 속삭이듯 물었습니다.

"천국으로 들어가는 영혼입니다."

이렇게 대답하고 나는 성호를 그었습니다.

아가씨도 나를 따라 성호를 긋고는 잠시 고개를 들고 하늘을 쳐다보며 깊은 명상에 잠겼습니다. 그러더니 나에게 물었습니다.

"목동들은 점성술사라는 것이 사실인가요?"

"천만의 말씀이에요. 아가씨, 하지만 저희가 별에 더 가까이 살고 있어서 마을 평원에 사는 사람들보다 별들에게 무슨 일이 일어나는지 더 잘 알고 있을 뿐이죠."

She kept looking at the stars, her head on her hands, wrapped in the sheepskin like a small heavenly shepherd:

"How many there are! How beautiful! I have never seen so many. Do you know their names, shepherd?"

"Of course, lady. There you are! Just above our heads, that's the Milky Way. Further on you have the Great Bear."

And so, he described[1] to her in great detail, some of the magic of the star-filled panoply···.

"One of the stars, which the shepherds name, Maguelonne, I said, chases Saturn and marries him every seven years."

"What, shepherd! Are there star marriages, then?"

"Oh yes, my Lady."

---

1 · 서술하다, 묘사하다

아가씨는 여전히 별들을 쳐다보고 있었습니다. 그렇게 손으로 턱을 괸 채 염소 모피를 두르고 있는 모습은 귀여운 천국의 목자였습니다.

"저렇게 많아! 정말 아름답구나! 저렇게 많은 별은 생전 처음이야, 넌 저 별들 이름을 잘 알 테지?"

"물론이죠, 아가씨, 자 보세요, 우리 머리 위에 있는 것이 은하수입니다. 더 멀리 바라보면 큰곰자리가 있습니다."

그는 가득 찬 별들은 가리키며 그녀에게 아주 자세히 설명했습니다.

"목동 이름이 붙인 별들 중 하나인 마퀼론은 7년마다 토성을 쫓아가 결혼을 한답니다."

"뭐라고! 별들이 결혼을 하는 거야?"

"그럼요, 아가씨."

The Stars

I was trying to explain to her what these marriages were about when I felt something cool and fine on my shoulder. It was her head, heavy with sleep, placed on me with just a delightful brush of her ribbons, lace, and dark tresses. She stayed just like that, unmoving, right until the stars faded in the coming daylight. As for me, I watched her sleeping, being somewhat troubled in my soul, but that clear night, which had only ever given me beautiful thoughts, had kept me in an innocent[1] frame of mind. The stars all around us continued their stately, silent journey like a great docile[2] flock in the sky. At times, I imagined that one of these stars, the finest one, the most brilliant, having lost its way, had come to settle, gently, on my shoulder, to sleep….

1 　순결한 사람, 결백한
2 　유순한, 고분고분한

저는 그녀에게 결혼이 무엇인지 이야기하려고 했는데, 그때 제 어깨에서 뭔가 시원하고 좋은 느낌을 느꼈어요, 그것은 그녀의 머리였고, 졸음에 겨워 리본과 레이스 그리고 금빛 긴 머리카락이 붓처럼 간질거리며 얼굴에 닿았습니다. 그녀는 나의 어깨에 기대어 잠들어 별이 희미해지고 동이 틀 때까지 움직이지 않았습니다.

나로서는 그녀가 잠든 모습을 내 영혼 속에서 다소 고민에 빠지면 지켜봤지만, 내게 아름다운 생각만을 안겨주었던 그 맑은 밤은 저를 순진한 마음속에 가둬두었습니다.

우리 주변 하늘에 별들은 온순한 양떼처럼 자리를 지키며 조용히 운행을 계속하고 있었습니다.

이 별들 중 하나, 가장 귀중한 별, 가장 아름답게 빛나는 별 하나가, 길을 잃고 부드럽게 살며시 내려앉아 내 어깨에 잠들어 있노라고....

The Selfish Giant

by Oscar Wilde

Every afternoon, as they were coming from school, the children used to go and play in the Giant's garden.

It was a large lovely garden, with soft green grass. Here and there over the grass stood beautiful flowers like stars, and there were twelve peach trees that in the springtime broke out into delicate[1] blossoms of pink and pearl, and in the autumn bore rich fruit. The birds sat on the trees and sang so sweetly that the children used to stop their games in order to listen to them.

"How happy we are here!" they cried to each other.

One day the Giant came back. He had been to visit his friend the Cornish ogre and had stayed with him for seven years. After the seven years were over he had said all that he had to say, for his conversation was limited, and he determined[2] to return to his own castle. When he arrived he saw the children playing in the garden.

---

1 섬세한, 우아한, 연약한
2 단단히 결심한, 단호한, 완강한

매일 오후, 아이들은 학교에서 돌아오면 거인의 정원에 가서 뛰놀곤 하였습니다.

그곳은 부드러운 녹색 잔디가 있는 크고 사랑스러운 정원이었습니다. 잔디 여기저기에 별처럼 아름다운 꽃들이 있었고 봄에는 분홍색과 은은한 진주 빛 우아한 꽃들이 피었고 가을에는 풍성한 열매를 맺는 복숭아나무 열두 그루가 있었습니다. 새들은 나무에 앉아 노래를 너무나 달콤하게 불러서인지 아이들은 그들의 노래를 듣기 위해 놀이를 멈추곤 했습니다.

"우리가 여기서 얼마나 행복한지!" 아이들은 서로에게 소리쳤습니다.

어느 날 거인이 돌아왔습니다. 그는 그의 친구 Cornish(영국 콘월) ogre(돼지랑 비슷하게 생긴 괴물)를 방문하여 7년 동안 그와 함께 지냈습니다. 그는 7년이 지나자 할 말을 다해 대화가 다 떨어졌기 때문에 자신의 성으로 돌아가기로 결심했습니다. 그가 도착했을 때 그는 정원에서 놀고 있는 아이들을 보았습니다.

"What are you doing here?" he cried in a very gruff voice, and the children ran away.

"My own garden is my own garden," said the Giant; "anyone can understand that, and I will allow nobody to play in it but myself." So he built a high wall all around it and put up a notice board.

TRESPASSERS WILL BE PROSECUTED

He was a very selfish Giant.

The poor children had now nowhere to play. They tried to play on the road, but the road was very dusty and full of hard stones, and they did not like it. They used to wander around the high wall when their lessons were over and talk about the beautiful garden inside. "How happy we were there," they said to each other.

"여기서 뭐하는 거야?" 그는 매우 거친 목소리로 외치자, 아이들은 도망쳤습니다.

거인은 "내 정원은 나만의 정원이다."라며, "누구나 이것을 알 수 있게, 나 말고는 아무도 그 안에서 놀지 못하게 할 것이다."라고 말했습니다. 그래서 거인은 사방에 높은 벽을 쌓고 게시판을 세웠습니다.

침입자는 법으로 처단할 것이다.

그는 아주 이기적인 거인이었습니다.

그 불쌍한 아이들은 놀 곳이 없었습니다. 그들은 길에서 놀려고 했지만, 길은 매우 먼지가 많고 단단한 돌들로 가득 차있어 그들은 그것을 좋아하지 않았습니다. 그들은 수업이 끝나면 높은 벽 주위를 돌아다니며 그 안에 있는 아름다운 정원에 대해 이야기하곤 했습니다. "우리가 그곳에서 얼마나 행복했는지"라고 그들은 서로에게 말했습니다.

Then the Spring came, and all over the country, there were little blossoms and little birds. Only in the garden of the Selfish Giant, it was still winter.

The birds did not care to sing in it as there were no children, and the trees forgot to blossom. Once a beautiful flower put its head out from the grass, but when it saw the notice board it was so sorry for the children that it slipped back into the ground again, and went off to sleep.

The only people who were pleased were the Snow and the Frost. "Spring has forgotten this garden," they cried, "so we will live here all the year round." The Snow covered up the grass with her great white cloak, and the Frost painted all the trees silver.

Then they invited the North Wind to stay with them, and he came. He was wrapped in furs, and he roared all day about the garden and blew the chimney pots down. "This is a delightful[1] spot," he said, "we must ask the Hail on a visit." So the Hail came.

---

1 정말 기분 좋은

그리고 봄이 왔고, 온 나라에 작은 꽃들과 작은 새들이 찾아왔습니다. 이기적인 거인의 정원에서만 여전히 겨울이었습니다.

새들은 아이들이 없었기 때문에 그 안에서 노래하는 것을 생각하지 않았고 나무들은 꽃 피는 것을 잊었습니다. 한번은 아름다운 꽃이 풀밭에서 고개를 내밀었지만 게시판을 보고 아이들에게 너무 미안해서 다시 땅속으로 미끄러져 들어가 잠이 들었습니다.

기뻐하는 사람은 눈과 서리뿐이었습니다. "봄이 이 정원을 잊었으니, 우리는 일년 내내 여기서 살 것입니다."라고 그들이 외쳤습니다. 눈은 그녀의 크고 하얀 망토로 잔디를 덮었고, 서리는 모든 나무를 은색으로 칠했습니다.

그런 후 그들은 북풍을 그들과 함께 머물도록 초대했고 북풍이 찾아왔습니다. 모피코트를 입은 북풍은 정원에서 하루 종일 굉음을 내고 굴뚝을 날려버렸습니다. "여기는 즐거운 곳이구나."라고 그가 말했습니다. "우박도 놀러오라고 해야겠다." 그래서 우박도 찾아왔습니다.

Every day for three hours he rattled[1] on the roof of the castle till he broke most of the slates, and then he ran round and round the garden as fast as he could go. He was dressed in grey, and his breath was like ice.

"I cannot understand why the Spring is so late in coming," said the Selfish Giant, as he sat at the window and looked out at his cold white garden; "I hope there will be a change in the weather."

But the Spring never came, nor the Summer. The Autumn gave golden fruit to every garden, but to the Giant's garden, she gave none. "He is too selfish," she said. So it was always Winter there, and the North Wind, and the Hail, and the Frost, and the Snow danced about through the trees.

One morning the Giant was lying awake in bed when he heard some lovely music. It sounded so sweet to his ears that he thought it must be the King's musicians passing by.

---

1 달가닥 거리는 소리

매일 세 시간 동안 우박은 대부분의 슬레이트가 부러질 때까지 성의 지붕을 덜컹거렸고 그런 후 그는 정원을 최대한 빨리 돌고 돌았습니다. 그는 회색 옷을 입고 있었고 그의 입김은 얼음과 같았습니다.

이기적인 거인은 창문에 앉아 차갑고 하얀 정원을 내다보며 "봄이 왜 이렇게 늦게 오는지 이해할 수 없다."며 "날씨가 바뀌었으면 좋겠어."하고 말했습니다.

하지만 봄은 오지 않았고 여름도 오지 않았습니다. 가을은 모든 정원에 황금 열매를 주었지만, 거인의 정원에는 아무 것도 주지 않았습니다. "그는 너무 이기적이야," 라고 그녀가 말했습니다. 그래서 그곳은 항상 겨울이었고, 북풍, 우박, 서리, 눈이 나무들 사이에서 춤을 추었습니다.

어느 날 아침 거인은 침대에 누워 있다가 사랑스러운 음악 소리를 들었습니다. 그것은 그의 귀에 너무나 달콤하게 들렸기 때문에 그는 왕의 음악대가 지나가는 것이 틀림없다고 생각했습니다.

It was really only a little linnet singing outside his window, but it was so long since he had heard a bird sing in his garden that it seemed to him to be the most beautiful music in the world. Then the Hail stopped dancing over his head, and the North Wind ceased roaring, and a delicious perfume came to him through the open casement. "I believe the Spring has come at last," said the Giant; and he jumped out of bed and looked out.

What did he see?

He saw a most wonderful sight. Through a little hole in the wall the children had crept[1] in, and they were sitting in the branches of the trees. In every tree that he could see there was a little child. And the trees were so glad to have the children back again that they had covered themselves with blossoms and were waving their arms gently above the children's heads.

---

1 creep의 과거, 살금살금 움직이다

그것은 단지 창밖에서 작은 홍방울새가 노래하는 것뿐이었는데 그는 그의 정원에서 새가 노래하는 것을 들은 지 너무 오래되어 그에게 그것은 세상에서 가장 아름다운 음악으로 들렸습니다. 그러자 우박은 그의 머리 위에서 춤을 멈추고, 북풍은 포효를 멈추었고 열린 울타리를 통해 맛있는 향기로운 냄새가 그에게 다가왔습니다. 거인은 "드디어 봄이 온 것 같다."고 말하며 그의 침대에서 벌떡 일어나 밖을 내다보았습니다.

　그가 본 것은 무엇이었을까요?

　그는 아주 멋진 광경을 보았습니다. 아이들이 벽에 난 작은 구멍을 통해 살금살금 들어와 나뭇가지에 앉아 있었습니다. 그가 볼 수 있는 모든 나무에는 어린 아이가 앉아 있었습니다. 그리고 나무들도 아이들이 다시 돌아온 것이 너무나 기뻐 꽃으로 몸을 장식하고 아이들의 머리 위로 가지를 부드럽게 흔들고 있었습니다.

The birds were flying about and twittering with delight, and the flowers were looking up through the green grass and laughing. It was a lovely scene, only in one corner it was still winter. It was the farthest corner of the garden, and in it was standing a little boy. He was so small that he could not reach up to the branches of the tree, and he was wandering all around it, crying bitterly.[1] The poor tree was still quite covered with frost and snow, and the North Wind was blowing and roaring above it. "Climb up! little boy," said the Tree, and it bent its branches down as low as it could; but the boy was too tiny.

And the Giant's heart melted as he looked out. "How selfish I have been!" he said; "now I know why the Spring would not come here. I will put that poor little boy on the top of the tree, and then I will knock down the wall, and my garden shall be the children's playground forever and ever." He was really very sorry for what he had done.

---

1 비통하게, 격렬히

새들은 날아다니며 즐거워 지저귀고 있었고, 꽃들은 푸른 풀 사이로 올려다보며 웃고 있었습니다. 그것은 아름다운 광경이었지만 한쪽 구석은 아직 겨울이었습니다. 그곳은 정원의 가장 먼 구석이고 그곳에는 어린 소년이 서 있었습니다. 아이는 너무 작아서 나뭇가지에 손이 닿지 않아 그 주위를 서성거리며 몹시 울고 있었습니다. 가엾은 나무는 여전히 서리와 눈으로 뒤덮여 있었고 그 위로 북풍이 불어와 포효하고 있었습니다. 나무는 "올라와! 꼬마야."라고 말하며 나뭇가지를 가능한 낮게 구부렸습니다. 하지만 소년은 너무 작았습니다.

거인은 밖을 내다보면서 마음이 녹아내리는 것 같았습니다. "내가 얼마나 이기적이었는지!" 그는 "이제 봄이 왜 여기 오지 않는지 알겠다. 나는 불쌍한 어린 소년을 나무 꼭대기에 올려주고, 벽을 무너뜨릴 거야, 그리고 내 정원은 영원히 아이들의 놀이터가 될 것이다." 그는 자신이 한일에 대해 진심으로 매우 후회했습니다.

So he crept downstairs and opened the front door quite softly, and went out into the garden. But when the children saw him they were so frightened that they all ran away, and the garden became winter again. Only the little boy did not run, for his eyes were so full of tears that he did not see the Giant coming. And the Giant stole up behind him and took him gently in his hand, and put him up into the tree.

And the tree broke at once into blossom, and the birds came and sang on it, and the little boy stretched[1] out his two arms and flung them round the Giant's neck, and kissed him. And the other children, when they saw that the Giant was not wicked any longer, came running back, and with them came the Spring.

"It is your garden now, little children," said the Giant, and he took a great axe and knocked down the wall. And when the people were going to market at twelve o'clock they found the Giant playing with the children in the most beautiful garden they had ever seen.

---

1 (잡아당기거나 하여) 늘어지다

거인은 살금살금 아래층으로 내려가 현관문을 아주 살며시 열고 정원으로 나갔습니다. 그러나 아이들은 그를 보고 너무 놀라 모두 도망쳤고, 정원은 다시 겨울이 되었습니다. 단지 그 소년만 눈에 눈물로 가득 차 거인이 오는 것을 보지 못해 어린 소년만 뛰어 나가지 못했습니다. 거인은 그의 뒤로 살금살금 다가와 그의 손을 부드럽게 잡고 소년을 나무 위로 올려주었습니다.

그러자 나무는 곧 꽃을 피웠고 새들이 날아와 그 위에서 노래를 부르자 어린 소년은 두 팔을 뻗어 거인 목에 걸고 입맞춤을 했습니다. 그리고 다른 아이들은 거인이 더 이상 나쁘지 않다는 것을 보고 달려오자 그들과 함께 봄이 왔습니다.

거인은 "아이들아, 이제 너희의 정원이야."라고 말하고, 커다란 도끼를 들고 와 벽을 부서뜨렸습니다. 정오에 시장에 가려던 사람들은 그들이 본 것 중 가장 아름다운 정원에서 거인이 아이들과 놀고 있는 것을 발견했습니다.

All day long they played, and in the evening they came to the Giant to bid him goodbye.

"But where is your little companion[1]?" he said: "the boy I put into the tree." The Giant loved him the best because he had kissed him.

"We don't know," answered the children; "he has gone away."

"You must tell him to be sure and come here tomorrow," said the Giant. But the children said that they did not know where he lived and had never seen him before, and the Giant felt very sad.

Every afternoon, when school was over, the children came and played with the Giant. But the little boy whom the Giant loved was never seen again. The Giant was very kind to all the children, yet he longed for his first little friend and often spoke of him. "How I would like to see him!" he used to say.

---

1 동반자, (마음 맞는)친구

아이들은 하루 종일 놀고 저녁에는 거인에게 작별 인사를 하러 왔습니다.

"그런데 그 꼬마 친구는 어디 있니?" 거인은 물었습니다. "내가 나무에 올려주었던 아이 말이야" 거인은 자신에게 입을 맞추어 준 그 아이를 가장 좋아했습니다.

"잘 모르겠는데요." 아이들은 대답했습니다. "그 아이는 가버렸어요."

"그 아이에게 내일 여기에 꼭 오라고 이야기해줘야 한다." 거인은 말했습니다. 그러나 아이들은 그 아이가 어디에 사는지도 모르고 그전에도 만난 적이 없다고 말했습니다. 거인은 무척 슬퍼했습니다.

매일 오후, 학교가 끝나면 아이들은 와서 거인과 놀았습니다. 하지만 거인이 사랑했던 어린 소년은 다시는 볼 수 없었습니다. 거인은 모든 아이들에게 매우 친절했지만, 그는 그의 첫 번째 작은 친구를 그리워했고, 종종 그에 대해 이야기했습니다. "내가 그 아이를 볼 수 있다면 참 좋겠다!"라고 그는 말하곤 했습니다.

Years went over, and the Giant grew very old and feeble[1]. He could not play about anymore, so he sat in a huge armchair, and watched the children at their games, and admired his garden. "I have many beautiful flowers," he said; "but the children are the most beautiful flowers of all."

One winter morning he looked out of his window as he was dressing. He did not hate the Winter now, for he knew that it was merely[2] the Spring asleep, and that the flowers were resting.

Suddenly he rubbed his eyes in wonder, and looked and looked. It certainly was a marvellous sight. In the farthest corner of the garden was a tree quite covered with lovely white blossoms. Its branches were all golden, and silver fruit hung down from them, and underneath it stood the little boy he had loved.

---

1 아주 약한, 허약한
2 한낱, 그저, 단지

몇 년이 흐르자 거인은 매우 늙고 허약해졌습니다. 그는 더이상 놀 수 없었기 때문에 큰 안락의자에 앉아 아이들이 놀이하는 것을 보고 그의 정원에 감탄했습니다. "나는 많은 아름다운 꽃들을 가지고 있지만, 아이들은 모든 꽃들 중에서 가장 아름다운 꽃들이야."라고 그가 말했습니다.

어느 겨울 아침 거인은 옷을 갈아입으며 창밖을 내다보았습니다. 그는 이제 겨울은 단지 봄이 지고 꽃이 쉬고 있다는 것을 알았기 때문에 겨울을 싫어하지 않았습니다.

갑자기 그는 놀라움에 눈을 비비며 보고 또 보았습니다. 그것은 믿기 어려운 놀라운 광경이었습니다. 정원의 가장 먼 구석에 사랑스러운 하얀 꽃으로 뒤덮인 나무가 있었습니다. 나뭇가지들은 모두 금빛이었고, 그 가지들에는 은빛 열매가 매달려 있고, 그 아래에는 그가 사랑했던 어린 소년이 서 있었습니다.

Downstairs ran the Giant in great joy, and out into the garden. He hastened[1] across the grass, and came near to the child. And when he came quite close his face grew red with anger, and he said, "Who hath dared to wound thee?" For on the palms of the child's hands were the prints of two nails, and the prints of two nails were on the little feet.

"Who hath dared to wound thee?" cried the Giant; "tell me, that I may take my big sword and slay him."

"Nay!" answered the child; "but these are the wounds of Love."

---

1 hasten 서둘러 하다, 재촉하다

거인은 크게 기뻐하며 아래층으로 달려 내려와 정원으로 나갔습니다. 그는 서둘러 풀밭을 가로질러 아이에게 다가갔습니다. 아이 곁에 다가가자 거인의 얼굴은 분노로 얼굴이 붉어졌습니다. "누가 감히 너를 해치려 한 것이지?" 그 아이의 두 손바닥에는 못이 박힌 자국이 있었고, 작은 발에도 두 개의 못 자국이 있었습니다.

"누가 감히 널 이렇게 했어?" 거인은 울부짖었습니다. "빨리 말해라. 내 큰 칼로 그 녀석을 단번에 베어 버릴 테니."

"안돼요!" 그 아이는 말했다 "이것은 사랑의 상처에요."

"Who art thou[1]?" said the Giant, and a strange awe fell on him, and he knelt before the little child.

And the child smiled at the Giant, and said to him, "You let me play once in your garden, today you shall come with me to my garden, which is Paradise."

And when the children ran in that afternoon, they found the Giant lying dead under the tree, all covered with white blossoms.

---

1 you를 의미하는 단수 주어 형태

"넌 누구지?" 거인은 이렇게 말하고는, 갑자기 신비한 경외감이 들어 그는 그 조그마한 아이의 앞에서 무릎을 꿇었습니다.

그러자 아이는 거인에게 미소를 지으며 말했습니다. "당신은 나를 당신의 정원에서 한번 놀게 해주었습니다. 오늘 당신은 나와 함께 내 정원인 천국으로 갈 것입니다."

그리고 그 날 오후 아이들이 달려갔을 때, 그들은 나무 밑에 죽은 거인이 하얀 꽃으로 뒤덮여 있는 것을 발견했습니다.

The Last Lesson

by Alphonse Daudet

I started for school very late that morning and was in great dread of a scolding[1], especially because M. Hamel had said that he would question us on participles[2], and I did not know the first word about them.

For a moment I thought of running away and spending the day out of doors. It was so warm, so bright! The birds were chirping[3] at the edge of the woods, and in the open field back of the saw-mill the Prussian soldiers were drilling. It was all much more tempting than the rule for participles, but I had the strength to resist and hurried off to school.

When I passed the town hall there was a crowd in front of the bulletin board. For the last two years, all our bad news had come from there-the lost battles, the draft, the orders of the commanding officer-and I thought to myself, without stopping:

"What can be the matter now?"

---

1 (특히 아이들) 야단치다, 꾸짖다

2 (현재, 과거) 분사

3 짹짹거리다, 재잘거리다

그날 아침 나는 아주 늦게 학교로 출발했고, 특히 하멜 선생님이 우리에게 분사(分詞)에 대해 질문할 것이라고 말하셔 그에 대해 한 단어도 몰랐기 때문에 꾸중을 듣는 것이 두려웠습니다.

잠시 동안 저는 도망쳐서 바깥에서 하루를 보낼 생각을 했습니다. 너무 따뜻하고, 너무 밝았어요! 숲 가장자리에서 새들이 지저귀고 있었고, 제재소 뒤쪽의 탁 트인 들판에서 프로이센 군인들이 드릴로 구멍을 내고 있었습니다. 분사 규칙보다 훨씬 더 유혹적이었지만, 저는 유혹에 이길 수 있는 힘이 있어 서둘러 학교로 갔습니다.

제가 읍사무소를 지나칠 때 게시판 앞에 사람들이 모여 있었습니다. 지난 2년 동안 우리에겐 모든 나쁜 소식들 – 패배한 전투, 징발, 지휘관의 명령 – 이 이곳에서 나왔고 저는 멈추지 않고 혼자 생각했습니다.

"지금 무슨 일이 있을 수 있나?"

Then, as I hurried by as fast as I could go, the blacksmith, Wachter, who was there, with his apprentice[1], reading the bulletin[2], called after me:

"Don't go so fast, bub; you'll get to your school in plenty of time!"

I thought he was making fun of me, and reached M. Hamel's little garden all out of breath.

Usually, when school began, there was a great bustle, which could be heard out in the street, the opening and closing of desks, lessons repeated in unison, very loud, with our hands over our ears to understand better, and the teacher's great ruler rapping on the table. But now it was all so still! I had counted on the commotion to get to my desk without being seen; but, of course, that day everything had to be as quiet as Sunday morning. Through the window I saw my classmates, already in their places, and M. Hamel walking up and down with his terrible iron ruler under his arm.

---

1 수습생, 제자
2 게시, 고시, 공고

그런 다음 최대한 빨리 가는데 그곳에 있던 대장장이 왔쳐가 제자와 함께 게시판을 읽고 저를 불렀습니다.

"친구, 너무 빨리 가지 마. 너는 충분히 시간 안에 너의 학교에 도착할 거야!"

그가 나를 놀리는 줄 알고 숨을 헐떡이며 하멜 선생님의 작은 정원에 도착했습니다.

일반적으로 학교가 시작하면 거리에서 들을 수 있는 큰 소동이 있습니다. 책상이 열리고 닫히는 소리, 더 잘 배우기 위해 손으로 귀를 막고 일제히 수업을 반복하는 매우 큰 소리, 그리고 선생님이 위대한 자가 탁자를 두드리는 소리.

하지만 지금은 모든 것이 고요했습니다! 저는 사람들의 눈에 띄지 않고 제 책상으로 가기 위해 소란을 예상했지만, 당연한 듯 그날은 모든 것이 일요일 아침처럼 조용했습니다. 창문을 통해 저는 급우들이 이미 자기 자리에 앉아 있는 것을 보았고 헤멜 선생님은 겨드랑이에 무시무시한 쇠자를 끼고 왔다 갔다 했습니다.

I had to open the door and go in before everybody. You can imagine how I blushed and how frightened I was. But nothing happened, M. Hamel saw me and said very kindly:

"Go to your place quickly, little Franz. We were beginning without you."

I jumped over the bench and sat down at my desk. Not till then, when I had got a little over my fright, did I see that our teacher had on his beautiful green coat, his frilled shirt, and the little black silk cap, all embroidered, that he never wore except on inspection and prize days. Besides, the whole school seemed so strange and solemn. But the thing that surprised me most was to see, on the back benches that were always empty, the village people sitting quietly like ourselves; old Hauser, with his three-cornered hat, the former mayor, the former postmaster, and several others besides. Everybody looked sad; and Hauser had brought an old primer, thumbed at the edges, and he held it open on his knees with his great spectacles lying across the pages.

저는 모든 사람들보다 먼저 문을 열고 들어가야 했습니다. 제가 얼마나 얼굴을 붉혔는지, 얼마나 무서웠는지 상상 할 수 있을 겁니다. 그러나 아무 일도 일어나지 않았습니다. 하멜 선생님이 저를 보고 매우 친절하게 말했습니다.

"프란츠, 어서 네 자리로 가거라. 우리가 너 없이 시작하고 있었구나."

나는 의자를 뛰어넘어 책상에 앉았습니다. 제가 두려움을 조금 극복 했을 때가 되서야, 저는 우리 선생님이 아름다운 녹색 코트, 주름진 셔츠, 그리고 모두 수놓아진 작은 검은 실크 모자를 쓰고 있다는 것을 보았습니다. 그것은 선생님이 시찰과 시상식 때를 제외하고는 결코 입지 않았습니다. 게다가 학교 전체가 너무 낯설고 엄숙해 보였어요. 하지만 저를 가장 놀라게 한 것은 항상 비어 있는 뒤쪽 위자에 마을 사람들이 우리처럼 조용히 앉아 있는 것을 본 것이었습니다. 삼각 모자를 쓴 나이 많은 하우저, 전 시장, 전 우체국장, 그리고 그 외에도 몇몇 사람들이 있었습니다. 모두가 슬퍼 보였습니다. 하우저는 오래된 입문서를 가져와서 가장자리를 엄지손가락으로 두드리고, 커다란 안경을 페이지에 걸쳐 놓은 채 무릎 위에서 그것을 열었습니다.

While I was wondering[1] about it all, M. Hamel mounted his chair, and, in the same grave[2] and gentle tone which he had used to me, said:

"My children, this is the last lesson I shall give you. The order has come from Berlin to teach only German in the schools of Alsace and Lorraine. The new master comes tomorrow. This is your last French lesson. I want you to be very attentive[3]."

What a thunderclap these words were to me!

Oh, the wretches; that was what they had put up at the town hall!

---

1 wonder 궁금하다, 의아하다
2 심각한, 진지한
3 주의를 기울이는, 신경을 쓰는

제가 모든 것에 대해 궁금해 하는 동안, 하멜 선생님은 그의 의자에 앉았고, 그가 저에게 했던 것과 같은 진지하고 부드러운 어조로 말했습니다.

　"여러분, 이것이 내가 너희에게 주는 마지막 수업입니다. 베를린에서 알자스와 로렌 학교에서 독일어만 가르치라는 명령이 내려졌습니다. 내일 새로운 선생님이 오십니다. 이것이 너희의 마지막 프랑스어 수업입니다. 나는 너희가 매우 주의를 기울이기를 바랍니다."

　이 말은 나에게 정말 충격적이었어요!

　아, 나쁜 사람들 ; 이것이 그들이 읍사무소에 붙여 놓은 내용이었습니다!

My last French lesson! Why I hardly knew how to write! I should never learn anymore! I must stop there, then! Oh, how sorry I was for not learning my lessons, for seeking birds' eggs, or going sliding on the Saar! My books, that had seemed such a nuisance[1] a while ago, so heavy to carry, my grammar, and my history of the saints, were old friends now that I couldn't give up. And M. Hamel, too; the idea that he was going away, that I should never see him again, made me forget all about his ruler and how cranky[2] he was.

Poor man! It was in honor of this last lesson that he had put on his fine Sunday clothes, and now I understood why the old men of the village were sitting there in the back of the room. It was because they were sorry, too, that they had not gone to school more. It was their way of thanking our master for his forty years of faithful service and of showing their respect[3] for the country that was theirs no more.

---

1 성가신, 귀찮은
2 기이한, 변덕스러운
3 존경심, 경의

나의 마지막 프랑스어 수업! 나는 글을 쓸 줄 거의 몰랐습니다! 나는 더 이상 배우지 못할 것입니다! 그럼 여기서 멈춰야 되요! 오, 수업 중에 배우지 않고, 새의 알을 찾아다니거나 자르강에서 미끄러지며 지낸 것에 얼마나 미안했는지! 얼마 전까지만 해도 너무 귀찮고 들고 다니기 무거웠던 나의 책들, 나의 문법책, 그리고 성도들의 역사는 이제 포기할 수 없는 오랜 친구들이었습니다. 그리고 하멜 선생님도 역시 그렇습니다. 그가 떠나간다는 생각, 그를 다시는 볼 수 없을 거라는 생각에 나는 그가 들고 다니는 쇠자와 그가 얼마나 괴팍한 사람인지 잊게 만들었습니다.

불쌍한 사람! 그가 멋진 일요일 예복을 입었던 것은 이 마지막 수업을 위한 것이었고, 이제 나는 왜 마을의 어른들이 교실 뒤에 앉아 있는지 이해했습니다. 그들도 학교에 더 가지 못한다는 것이 안타깝기 때문이었습니다. 40년 동안 충실히 섬겨주신 선생님께 감사하고 더 이상 그들의 것이 아닌 조국에 대한 경의를 표하는 방식이었습니다.

While I was thinking of all this, I heard my name called. It was my turn to recite[1]. What would I not have given to be able to say that dreadful[2] rule for the participle all through, very loud and clear, and without one mistake? But I got mixed up on the first words and stood there, holding on to my desk, my heart beating, and not daring to look up. I heard M. Hamel say to me:

"I won't scold you, little Franz; you must feel bad enough. See how it is! Every day we have said to ourselves: 'Bah! I've plenty of time. I'll learn it tomorrow.' And now you see where we've come out. Ah, that's the great trouble with Alsace; she puts off learning till tomorrow. Now those fellows out there will have the right to say to you: 'How is it; you pretend to be Frenchmen, and yet you can neither speak nor write your own language?' But you are not the worst, poor little Franz. We've all a great deal to reproach[3] ourselves with."

---

1 암송하다
2 끔찍한, 지독한
3 비난, 책망

이 모든 것을 생각하는 동안, 제 이름이 불리는 것을 들었습니다. 제가 암송할 차례였습니다. 분사에 대한 그 끔찍한 규칙을 아주 크고 명확하게 한 번의 실수 없이 규칙을 어떻게 말해야 할까요? 하지만 저는 첫 번째 말부터 혼란을 느껴 책상을 붙잡고 서서 심장이 두근거렸고 감히 고개를 들지 못했습니다. 저는 하멜 선생님이 저에게 이렇게 말하는 것을 들었습니다.

"나는 너를 꾸짖지 않을 거야, 어린 프란츠, 너는 충분히 기분이 나쁠 거야. 어떤지 보세요! 매일 우리는 스스로에게 말합니다.; '바! 시간은 충분해요. 나는 내일 그것을 배울 것입니다.' 이제 우리가 한일을 알게 되었죠. 아, 그게 알자스의 큰 문제입니다. 배우는 것을 내일로 미루고 있어요. 이제 저 밖에 있는 사람들은 여러분에게 정당하게 이렇게 말할 것입니다. '당신은 프랑스 사람인 척하면서도 당신의 언어로 말할 수도 없고 쓸 수도 없습니까?' 하지만 네가 더 나쁜 것은 아니에요, 불쌍한 프란츠. 우리는 모두 스스로에게 자책할 것이 많아요."

"Your parents were not anxious enough to have you learn. They preferred to put you to work on a farm or at the mills, so as to have a little more money. And I? I've been to blame also. Have I not often sent you to water my flowers instead of learning your lessons? And when I wanted to go fishing, did I not just give you a holiday?"

Then, from one thing to another, M. Hamel went on to talk of the French language, saying that it was the most beautiful language in the world–the clearest, the most logical; that we must guard it among us and never forget it, because when a people are enslaved, as long as they hold fast to their language it is as if they had the key to their prison. Then he opened a grammar and read us our lesson. I was amazed to see how well I understood it. All he said seemed so easy, so easy! I think, too, that I had never listened so carefully, and that he had never explained everything with so much patience. It seemed almost as if the poor man wanted to give us all he knew before going away, and putting it all into our heads at one stroke.

"당신 부모님은 당신이 배우도록 할 만큼 충분히 걱정하지 않았어요. 그들은 돈을 조금 더 벌기 위해 너희를 농장이나 방앗간에서 일하게 하는 것을 선호했죠. 그리고 나? 나도 비난을 받았습니다. 너희를 수업에서 배우지 않게 하고 내 꽃에 물을 주라고 내가 자주 너희를 보내지 않았습니까? 그리고 내가 낚시를 하려고 했을 때 그냥 휴강을 하지 않았나요?"

그리고 나서 하멜선생님은 계속해서 프랑스어에 대해 이야기하며 그것이 세상에서 가장 아름다운 언어이며 가장 명확하고 논리적이라고 말했습니다. 우리는 그것을 지키고 잊지 말아야 합니다. 왜냐하면 사람들이 노예가 되었을 때 언어를 지키면 교도소에 있어도 열쇠를 가진 것과 같기 때문입니다. 그리고 그는 문법책을 펴서 우리에게 수업을 진행했습니다. 나는 내가 그것을 얼마나 잘 이해하고 있는 것에 놀랐습니다. 그가 한 말은 모두 너무 쉬워 보였어요, 너무 쉬워 보였어요! 나도 그렇게 주의 깊게 들어본 적이 없었고, 그가 그렇게 인내심을 가지고 모든 것을 설명한 적이 없었다고 생각했습니다. 그 불쌍한 선생님은 떠나기 전에 그가 알고 있는 모든 것을 우리에게 주고, 그것을 단번에 우리의 머리에 넣고 싶어 하는 것처럼 보였습니다.

After the grammar, we had a lesson in writing. That day M. Hamel had new copies for us, written in a beautiful round hand: France, Alsace, France, Alsace. They looked like little flags floating everywhere in the school room, hung from the rod at the top of our desks. You ought to have seen how everyone set to work, and how quiet it was! The only sound was the scratching of the pens over the paper. Once some beetles flew in; but nobody paid any attention to them, not even the littlest ones, who worked right on tracing their fish hooks, as if that was French, too. On the roof, the pigeons cooed very low, and I thought to myself:

"Will they make them sing in German, even the pigeons?"

문법 수업 후에는 작문 수업이 있었습니다. 그날 하멜 선생님은 프랑스, 알자스, 프랑스, 알자스의 아름다운 둥근 글씨체로 쓰인 새로운 사본을 우리에게 주셨습니다. 그것들은 우리 책상 꼭대기에 있는 막대에 매달린 채 학교 교실 곳곳에 떠다니는 작은 깃발처럼 보였습니다. 그는 모두가 어떻게 공부를 시작하고 얼마나 조용했는지 보았어야 했습니다! 들리는 소리는 펜으로 종이에 필기하는 소리뿐이었습니다. 한번은 딱정벌레 몇 마리가 날아들었지만, 아무도 그들에게 관심을 기울이지 않았고, 심지어 가장 작은 딱정벌레들조차도, 마치 그것이 프랑스인 것처럼 그들의 낚싯바늘을 추적하는 일을 제대로 하지 않았습니다. 지붕 위에서는 비둘기들이 아주 낮게 옹알이를 했고 나는 속으로 이렇게 생각했습니다.

"비둘기도 독일어로 노래하게 만들까요?"

Whenever[1] I looked up from my writing I saw M. Hamel sitting motionless[2] in his chair and gazing first at one thing, then at another, as if he wanted to fix in his mind just how everything looked in that little schoolroom.

Fancy! For forty years he had been there in the same place, with his garden outside the window and his class in front of him, just like that.

Only the desks and benches had been worn smooth; the walnut trees in the garden were taller, and the hop vine, that he had planted himself twined about the windows to the roof. How it must have broken his heart to leave it all, poor man; to hear his sister moving about in the room above, packing their trunks! For they must leave the country the next day.

---

1 ~할 때마다
2 움직이지 않는, 가만히 있는

작문 수업 중 고개를 들 때마다 나는 하멜 선생님이 의자에 꼼짝도 않고 앉아 먼저 한 가지를 바라보고, 그 다음 다른 것을 바라보며, 마치 그 작은 교실의 모든 것이 어떻게 보이는지 마음속에 기억해 두려고 바라보는 것처럼 보였습니다.

환상적이야! 40년 동안 그는 같은 장소에서 창밖의 정원과 그의 앞에 그의 교실에 그대로 있었습니다.

책상과 벤치만 매끄럽게 닳아 있었고, 정원에 있는 호두나무는 키가 더 컸고, 그가 직접 심은 홉 덩굴은 지붕 창문에 감겨 있었습니다. 모든 것을 두고 떠나다니 그의 마음이 얼마나 아팠겠습니까, 불쌍한 사람이여. 그의 누이가 짐을 꾸리며 윗방에서 돌아다니는 소리를 들으니! 그들은 다음날 그 마을을 떠나야 되기 때문입니다.

But he had the courage[1] to hear every lesson to the very last. After the writing, we had a lesson in history, and then the babies chanted their ba, be, bi, bo, bu. Down there at the back of the room old Hauser had put on his spectacles[2] and, holding his primer in both hands, spelled the letters with them. You could see that he, too, was crying; his voice trembled with emotion, and it was so funny to hear him that we all wanted to laugh and cry. Ah, how well I remember it, that last lesson!

All at once the church clock struck twelve. Then the Angelus. At the same moment the trumpets of the Prussians, returning from the drill, sounded under our windows. M. Hamel stood up, very pale, in his chair. I never saw him look so tall.

---

1 용기, 담력, 배짱
2 = glasses

그러나 그는 모든 수업을 용기 냈고 마지막까지 들었습니다. 작문 수업이 끝난 후 우리는 역사 수업을 받았고 아기들은 바, 베, 비, 보, 부를 외쳤습니다. 교실 뒤편에서 하우저 노인은 안경을 쓰고 양손에 입문서를 들고 글자를 적었습니다. 그도 역시 울고 있었습니다. 그의 목소리는 감정에 겨워 떨렸고 그의 말을 듣는 것이 너무 우스워서 우리는 모두 웃으면서도 울고 싶었습니다. 아, 내가 얼마나 잘 기억하고 있는지, 그 마지막 수업!

갑자기 교회 시계가 열두시를 알렸습니다. 그리고 삼종기도 종소리도 울렸습니다. 동시에 제재소에서 돌아오는 프러시아군의 트럼펫 소리가 창밖으로 울렸습니다. 하멜 선생님은 창백한 얼굴로 그의 의자에서 일어섰습니다. 그가 그렇게 커 보인 적이 없었습니다.

"My friends," said he, "I-I-" But something choked him. He could not go on.

Then he turned to the blackboard, took a piece of chalk, and, bearing on with all his might, he wrote as large as he could:

"Vive La France!"

Then he stopped and leaned his head against the wall, and, without a word, he made a gesture to us with his hand; "School is dismissed–you may go."

"내 친구들" 그가 말했습니다. "나, 나는..." 하지만 무언가가 그를 목메게 했습니다. 그는 계속 할 수 없었습니다.

그리고 칠판으로 돌아서 분필 한 자루를 잡고 힘껏 다음과 같이 썼습니다.

"프랑스 만세!"

그리고 나서 그는 벽에 머리를 기대고 멈춰 서서, 말없이 손으로 우리에게 손짓을 했습니다.

"학교는 끝났습니다. 가도 됩니다."

영어와 함께 읽는
Best Short Stories
명작 단편선

초판 1쇄 발행 | 2023년 2월 15일
펴낸이 | 이원호
디자인 | 심플리
펴낸곳 | 리나북스
등 록 | 제99-2021-000013호
주 소 | 경기도 남양주시 와부읍 덕소로97 101, 104-902
전 화 | 031)576-0959
이메일 | rinabooks@naver.com
구입문의 | rinabooks@naver.com
ISBN | 979-11-981972-0-7 03480